AF191535

Günter Heimes

30

Eine Hommage

© 2007 Günter Heimes

Herstellung und Verlag:
Books on Demand GmbH, Norderstedt

Umschlaggestaltung und Satz:
Marius Holtmann
yeahyeah.design, Dortmund
[www.yeahyeah.net]

ISBN 978-3-8370-1921-6

Bibliografische Information der
Deutschen Bilbliothek:

Die Deutsche Bibliothek verzeichnet
diese Publikation in der Deutschen
Nationalbibliografie; detaillierte
bibliografische Daten sind im Internet
über *http://dnb.ddb.de* abrufbar.

Eine **Hommage** (frz. *homme*, lat. *homo* „Mensch") ist eine Respektsbezeugung gegenüber jemandem oder etwas, dem man sich verpflichtet fühlt, oder den oder das man verehrt. Sie entsteht meist im Rahmen eines künstlerischen Werks, um etwas oder jemanden hervorzuheben, dem der Künstler besondere Anregungen verdankt. Oft werden Kunstwerke auch komplett als Hommage erdacht und entworfen. Von vielen Leuten wird etwa Woody Allens Film *Manhattan* als eine Hommage an New York gesehen, und aus gutem Grund gilt das Album *Abbey Road* als eine Hommage der Beatles an ihr ehemaliges Tonstudio.

Soweit eine verständliche Definition, die ich in einem Lexikon fand. Und damit Zitat-Ende. Übersetzt wird der Begriff ‚Hommage' auch gern mit Huldigung, und im oben erwähnten Zusammenhang mit ‚Respekt', ‚Mensch' und ‚Verehrung', fand ich das Wort dann so treffend, dass ich es als Untertitel für mein kleines Buch verwendet habe. Eine Huldigung... ich huldige hier allem voran der Gitarre, diesem wundervollen, geliebten Instrument, und ihren berühmten und auch nicht so berühmten Spielern, den zahllosen Gitarreros dieser Erde. Aber auch der Musik im Ganzen, insbesondere der Folk-, Pop- und Rockmusik, die mich intensiv durch mein Leben begleitet.

Und am Ende ist es die Geschichte zweier Freunde, die hier exemplarisch für viele Gitarristen und andere Musiker stehen und sich seit ziemlich auf den Tag genau drei Jahrzehnten gemeinsam auf den Brettern befinden, die die Welt bedeuten. Vorhang auf, und Bühne frei...

30

Intro

Das alte Sofa wackelte fast unmerklich, als sich Jack zurücklehnte, und die letzte Stunde mit dem Interview noch einmal Revue passieren ließ. Eine Stunde... tatsächlich waren es 30 Jahre, die da im Zeitraffer vor seinem geistigen Auge abgelaufen waren. 30 Jahre, vollgepackt mit verrückten Erlebnissen, mit Höhepunkten und Niederschlägen, und voller Spaß... ein Musikerleben.

CC: Nun feiert ihr also bald euer 30jähriges Bühnenjubiläum... 'ne stolze Bilanz, oder?

JV: ... weißt du, Junge, das klingt nach 'ner Menge Erfahrung... aber in Wirklichkeit ist jeder Auftritt für mich fast noch wie der Erste... und mit Routine allein kommst du in diesem Business auch nicht weiter...

MM: ... wir haben übrigens die Idee, die ganze Crew der letzten drei Dekaden noch mal zusammenzutrommeln...

SJV: ... nicht, dass wir sentimental wären, aber der Gedanke, die ganzen Chaoten noch mal auf die Bühne zu zerren, hat schon was...

MM: ... ich finde, 30 Jahre sind 'ne Leistung... das lass' ich mir nicht nehmen...

SJV: ... yeah... und wer weiß, wie lange es uns alle noch gibt...

30 Sex'n'drugs'n'rock'n'roll??

Für alles im Leben gibt es ein erstes Mal, und alles fängt irgendwann einmal an. Bei Crisby und mir begann es mit einer dieser kleinen, so genannten Wanderklampfen, die es damals gab, und die noch heute in ähnlicher Form bisweilen als Kindergitarren hergestellt und verkauft werden. Sein Vater brachte sie ihm aus dem Haus der Großeltern mit, als er dort aufräumte, oder besser entrümpelte, was sich so im Laufe der Jahrzehnte an diversem zeitgeschichtlichem Ballast angesammelt hatte.

Vielleicht war es der väterliche sechste Sinn, vielleicht wollte er die Gitarre auch einfach nur nicht wegwerfen. Bestimmt aber erinnerte sich Crisbys Vater auch daran, dass er selbst mal einige Griffe auf diesem Instrument gespielt hatte, und wollte sie gern als Erinnerung an seine Sturm-und-Drang-Zeit behalten, um die müßigen Gedanken an seine jüngeren Tage noch eine Weile im Gedächtnis zu bewahren. Wie auch immer, er nahm sie mit, sonst wäre sie wohl mitsamt den Relikten aus grauer Vorkriegszeit auf dem Sperrmüll der Familiensaga gelandet, und für immer verschwunden.

Das Haus stand mitten in einer dieser typischen alten Reihenhauskolonien aus rotem Backstein, und in seiner Kindheit verbrachte Crisby etliche Tage und Nächte dort. Es wirkte wie ein Wunder auf ihn, äußerlich so ganz und gar das Gegenteil von den gewohnten, damals modernen, 50er-Jahre-Wohnblock-Siedlungen, in denen wir beide groß wurden. Innen entpuppte sich das Haus als ein Füllhorn an Raritäten und Antiquitäten, an kuriosem Brimborium und unbeschreiblichem Chaos, welches in erster Linie der Sammelwut des Großvaters zuzuschreiben war, aber auch dem ehrwürdigen Alter der Einrichtung und des gesamten Haushaltes.

Glaubte man Crisbys Beschreibungen, gab es dort, neben üppig zugestellten Wohn- und Schlafräumen, auch ein Badezimmer mit einer Toilette und einem dieser steinzeitlichen Spülkästen vor der Wand, hoch über dem Kopf, den man mittels eines Seilzuges, der seitwärts runterbaumelte, auslösen konnte. Neben dem Klosett lagen stets gestapelte, akkurat zugerissene Zeitungsschnipsel als Toilettenpapier, und eine Badewanne mit Füßen, wie man sie höchstens noch irgendwo in einem preußischen Museum beobachten kann, wartete auf ihren Einsatz. Und der kam unweigerlich, zumeist nach einem endlos langen Abenteuertag im zum Haushalt gehörigen Schrebergarten, wo man mit dem uralten Hollandfahrrad hinfuhr und mit Kisten voller Obst und Kartoffeln wieder nach Hause kam.

Der Herd in der Küche wurde, wie das gesamte Haus, mit Kohlen geheizt, und der Keller des Hauses muss ein ganz besonderer Fall gewesen sein. Neben dem Kohlenhaufen gärte in großen bauchigen Buddeln der Obstwein, natürlich ausschließlich aus eigenhändig angebauten und geernteten Früchten aus Oppas Garten. Und die Werkstatt hielt so gut wie alles bereit, was ein Fummlerherz begehrte. Nägel und Schrauben in allen erdenklichen Längen und Formen, und Werkzeuge en masse... der Großvater verwahrte anscheinend wirklich ALLES für noch schlechtere Zeiten, als sie es sowieso schon waren. Und wenn Crisby ALLES sagte, dann war das in diesem Fall wohl auch so gemeint.

Und einen Dachboden hatte das Haus auch noch, wie bereits eingangs erwähnt. Überflüssig zu erzählen, wie es dort aussah.

Crisby kam jedenfalls jedes Mal mit dicken Backen von seinen Ferien oder Wochenenden zurück, und berichtete ausgiebig über seine wundersamen Erlebnisse oder brachte verstaubte exotische Muscheln mit, oder rostige Werkzeuge und dunkle, bronzene Dosen, Schachteln oder andere Preziosen aus längst verblichenen Zeiten.

Und nun war SIE also da. Sie war einfach hässlich, ihr helles Fichtenholz hatte eine schmutzig-braune Farbe angenommen, und sie hatte prägnante Narben davongetragen, vermutlich von zahlreichen Lagerfeuereinsätzen in irgendwelchen feucht-fröhlichen Pfingstcamps. Ihr Körper war übersät mit Schrunden und Macken, tiefen Rissen und Flecken von undefinierbaren Reinigungsmitteln, die der Onkel, der ältere Bruder seines Vaters, damals benutzen musste, um das Instrument einigermaßen vorzeigbar zu halten. Der Onkel selbst hatte sie ja nicht mehr spielen können, nach dem Krieg, denn auf sein letztes U-Boot durfte er sie scheinbar nicht mehr mitnehmen. Aber so wäre sie auch nicht auf dem sagenhaften Panoptikum des Dachbodens gelandet, und in den Folgejahren einfach dort vergessen worden.

Sie war klein, sie wurde ja früher vor allem unterwegs gebraucht, also beim Wandern, wie der Name schon sagt, oder auf einer dieser heute unvorstellbar beschwerlichen Reisen, die in dieser Zeit zwangsläufig ohne Radios, mp3-player oder andere Errungenschaften der heutigen Technik angegangen wurden. Also musste sie vordringlich klein und leicht sein, was wiederum in erster Linie zu Lasten ihres Klanges ging.

Ich habe überhaupt irgendwie den Eindruck, dass die Jahre im und vor dem Krieg alles in allem klanglich eine einzige Katastrophe gewesen sein müssen. Nicht nur wegen der Kakophonie der zerbombten Nächte, der Feuersirenen oder der schlecht gefederten, knatternden Autos und Pferdefuhrwerke, die über's allgegenwärtige Kopfsteinpflaster holperten, sondern auch und besonders, was die Musik betrifft. Es gab ja zu Hause höchstens mal ein Grammophon, oder später einen dieser Weltempfänger, Grundig oder Loewe-Opta, so ein brauner Kasten von Radio, mit einem knarzigen gestörten Ton und einer bläulich schimmernden Anzeige in der Mitte, die bei einer geneigten Frequenz, auf der sich ein angeblich halbwegs empfangbarer Sender verbarg, aufflackerte und freudig erregt leuchtete.

Etwas sonntägliche Hausmusik mit einem Akkordeon, eine Blaskapelle zur Sommerfrische oder gar ein Symphonieorchester live zu hören, muss für die Leute damals eine unglaubliche Klangkulisse und ein wahrer Ohrenschmaus gewesen sein. Ein Highlight, sozusagen.

Sie war eben alt, die Gitarre. Ein muffiges Gurtband aus ehemals rot-blauem Drillich war ihr vom Kopf bis zum Ende gespannt worden, wo es eine einfache Holzschraube festhielt. Immerhin, sie hatte sechs Drähte oder Stricke, die ihr irgendwann mal als Saiten angeschraubt wurden, aber das, was wir später als gute Saitenlage bezeichneten, also einen flüssig und ohne große Probleme spielbaren Abstand der Saiten zum Griffbrett, gab sie partout nicht her.

Die Stricke waren knochenhart, klangen wie Blecheimer, und unsere Finger taten nach den ersten Berührungen dermaßen weh, dass wir drauf und dran waren, das Instrument schnell wieder dahin zurückzubringen, wo es Crisbys Vater hergeholt hatte, und uns wieder dem lautstarken Abspielen von Jimi-Hendrix-Songs auf unseren Kassettenrecordern zu widmen, mit denen wir sehr zum Ärger der arglosen Anwohner durch die Straßen zogen.

Aus dem Schallloch an der Vorderseite kam ein fast moderiger Geruch, und durch die darüber liegenden Saiten sah man fingerdicken Staub und Insektenhülsen, die sich bei jeder Bewegung der Gitarre leise raschelnd nach vorne oder hinten verzogen. Das meist auf dem Boden des Klangkörpers befindliche Marken-Etikett war nicht mehr lesbar, es hätte aber auch nichts an der Einschätzung der Qualität des Instruments geändert.

Aber das Ding ließ nicht locker. Auf unseren Fingerkuppen bildeten sich zwar schnell dunkelbraune Striemen, die von dem Rost und der dreckig trockenen Patina auf den Saiten herrührte, doch unser Ehrgeiz war geweckt.

Nach einigem Schütteln und Klopfen, und unter Zuhilfenahme eines Staubsaugers, hatten wir die Gitarre vorläufig keimfrei gemacht, und nach einer oberflächlichen Reinigung mit einem Lappen war sogar erkennbar, welche Farbe das Holz einmal gehabt haben musste.

Mit sich brachte die Gitarre übrigens eine kleine Fibel von August Lierenfeld, Jahrhundertwende oder 20er-Jahre, vermute ich, ein Lehrbuch für die ersten Schritte, zum sozusagen Selbst-Beibringen, mit einer fabelhaften Anleitung zum Stimmen der Saiten, und mit handgezeichneten Tabellen für die korrekte Fingerhaltung.

Natürlich fing es mit C-Dur an, dem Akkord, den wohl schon Generationen von Gitarristen vor uns als Allererstes vermittelt bekamen. So scheinbar auch Crisbys Vater, der uns eines Abends zeigte, wie man diesen zu greifen hatte. Er konnte nur den einen, dünkt mir im Nachhinein, aber was soll's.

C-Dur war auf den ersten Blick leicht zu lernen. Man brauchte nur drei Finger der linken Hand, die auch noch gut verteilt auf dem Griffbrett zu liegen kamen. Trotzdem war es zugleich eine schwierige Angelegenheit, und eine echte Herausforderung, denn kaum hatte man den einen Finger an der richtigen Stelle platziert und den nächsten in Angriff genommen, verrutschte der Erste natürlich wieder, und so ging es munter weiter, bis dann endlich, mit Hilfe von Crisbys Altem Herrn, unsere jugendlich biegsamen Finger an den passenden Stellen waren. Es war erbärmlich, aber es war ein kleiner Anfang.

Crisby, oder CC, wie ich ihn später auch nannte, und ich

waren so zwölf oder dreizehn, und zu der Zeit schon begeisterte Rockfans, also halbstarke Liebhaber der Musik, die die Nachfolge des Rock'n'roll angetreten hatte, der damals unter den älteren Jugendlichen und jüngeren Erwachsenen noch so manche Party zum Kochen brachte und deshalb immer noch allgegenwärtig war.

Rockfans also, und nicht etwa, dass wir damit in der Schule im Musik-Unterricht hätten glänzen können. Diese Art der Musik war zu unserer Schulzeit, zumindest IN der Penne, verpönt und fand im Unterricht einfach nicht statt. Aber was die Szene an neuem Material in Sachen Rock und Pop hergab, blieb uns auch so nicht lange verborgen, und wir trugen manche Mark downtown in den Plattenladen, und dudelten die Sachen dann rauf und runter, tauschten wie die Verrückten und griffen wie Süchtige nach allem, was uns rock-musikalisch in die Finger kam.

Die 70er hatten gerade begonnen, die großen Jahre der Festivals, die hohe Endzeit der Flower-Power-Generation, und die Geburtsstunde mancher Megastars der Rockhistorie.

Unsere Vorbilder waren neben dem gottähnlich verehrten Jimi Hendrix vor allem die Beatles, denn das ‚Weiße Album' war in aller Munde und wurde schon damals als richtungweisendes Werk angesehen. Das darauf befindliche *Helter Skelter* ist für mich das zweite jemals erschienene Stück Punk-Rock, der ja erst in viel späterer Zeit um die Welt ging. Das zweite, nach *You really got me* von den Kinks. Zumindest, schätze ich, haben die beiden Songs die Entwicklung der Hard-and-Heavy-Abteilung frühzeitig und maßgeblich beeinflusst.

Und die Stones natürlich. *Get yer yayas out… Midnight rambler…* Im Gegensatz zu meinem Umfeld, in dem es entweder Beatles- ODER Stones-Fans gab, konnte und mochte ich mich nicht entscheiden und festlegen. Ich liebte sie beide, und das immer noch.

Eine meiner ersten eigenen Scheiben war die *Abraxas* von

Santana. Himmel, was für eine Gitarre. Andächtig lauschten wir dem melodiösen bis verwegenen Spiel von Bandleader Carlos, der im Übrigen auch heute noch in seiner unverwechselbaren Stilistik so manchen aus dem Hemd spielt.

Und *Lola* von The Kinks erschien 1971. Für den Song könnte ich mich nachts wecken lassen, und ich bete ihn fehlerfrei und flüssig runter... oh oh cherry-cola... el-ou-el-ay-looola...

Später kamen dann Led Zeppelin dazu, und Frank Zappa, die Fleetwood Mac, und die Gitarren von Status Quo, Eric Clapton, und hast-du-nicht-gesehen und was-weiß-ich-wer.

Aber auch die damalige Folk-Szene hatte es uns angetan. Bob Dylan zum Beispiel, der so circa Mitte der 60er den Sprung vom Folk zum Rock anging, und von den Puristen dafür anfangs fast aufgeknüpft wurde. Sein Song *Like a rolling stone* ist für mich in jeder Lebenslage und Variante hörenswert und wird als einer der größten Songs aller Zeiten gehandelt, was mir aber ehrlicherweise ein wenig vorschnell und subjektiv beurteilt scheint. Mit seinen sozialkritischen und intellektuellen Texten war Bob Dylan jedenfalls schon früh zum Sprachrohr der Jugend avanciert, und Crisby und ich lernten aus seinen Songs sowieso mehr über politische Zusammenhänge, und vor allem auch mehr Englisch, als jemals in der Schule.

Dylan kann man getrost als einen der Pioniere der Rockmusik bezeichnen, denn kaum ein Anderer hat sich dermaßen um die Fusion von Folk, Country, Blues und Rock verdient gemacht und noch dazu ein schier unerschöpfliches Werk an Songs und Melodien geschaffen. Was für ein kreatives Händchen. Klassiker wie *Tambourine man, Knockin' on heavens door, All along the watchtower, Lay lady lay, Blowin' in the wind, The times they are a-changin'*... oh Mann, wir haben sie alle bis zum Erbrechen geschrammelt. Er hat es uns aber auch leicht gemacht. Die Stücke sind mit einem Mini-Repertoire an Griffen zu spielen... thanks, good old Bob...

CC jedenfalls fragte seinen Vater, ob er ihm noch das eine

oder andere auf der Gitarre zeigen konnte, bekam aber nur eine undeutliche Antwort, und so machten wir uns selbst ans Werk. Crisby fand heraus, dass man zuerst mal die zweite Saite von oben auf einen verbindlichen Ton, den so genannten Kammerton, bringen musste, indem man die kleinen Horn-Mechaniken am Kopf des Instruments solange verdrehte, bis sie die Saite in die richtige Tonhöhe gezogen hatten. Ein komplexer Akt, ein Vorgang von strenger Konzentration, und ein nicht zu unterschätzendes Detail in der Gitarrenschule, denn die gewünschten „Vibes", also das Schwingen der Töne, das innere Vibrieren des Klangkörpers, das Entstehen der Obertöne, und damit des gesamten Klangspektrums, und das damit einhergehende Verschmelzen des Künstlers mit seinem Instrument, findet nur bei einem guten Tuning, also einer passenden, harmonischen Stimmung statt. (Böse Zungen behaupten übrigens, dass Keith Richards den Bogen bis heute nicht raus hat... aber mittlerweile bekommt er von seinen Adlaten stets leicht „verstimmte" Gitarren auf der Bühne angereicht, und seinem Ruhm war es bisher auch nicht abträglich, eher ganz im Gegenteil.)

Das Stimmen ist also eine sehr diffizile, persönliche Angelegenheit und Empfindung, und ein modernes elektronisches Stimmgerät kann nur eine kleine Hilfe sein, die eine Annäherung an die vollkommene Harmonie und das Zustandekommen dieser Vibes mit sich bringt.

Unsere ungestimmte Wandergitarre hatte gegen Null tendierende Vibes. Dieses erklärte zumindest, warum aber auch nicht EIN Ton in irgendeiner Weise zu überzeugen war, so zu klingen, wie der Anfang von *Smoke on the water,* dem Smash-Hit von Deep Purple, der damals aus allen Lautsprechern zu dröhnen schien, und dessen berühmter Eingangs-Riff jedem E-Gitarren-Schüler irgendwann untergejubelt wurde. Einfach, aber genial.

Riffs und Licks... diese kleinen feinen Gemeinheiten an der Gitarre, diese melodischen oder rhythmischen Versatzstückchen, die an prägnanten Stellen eines Rocksongs auftauchen, etwa zu Beginn, oder bei einem Solo. Crisby und ich waren gierig darauf, sie spielen zu können, und es klang ja auch so verdammt easy, dass wir bedenkenlos und total entflammt an die Sache gingen.

Griffige, markante Riffs und Licks prägen einen Gitarristen und machen aus einem nicht so guten einen besseren Gitarrero. Wobei sich ein Riff nach meinem Verständnis mehr aus kleinen Akkorden zusammensetzt, über zwei, drei Saiten gespielt, und ein Lick überwiegend eine Folge von Einzeltönen ist. Ein sahniges Gitarrensolo, oder ein einprägsames Motiv, ist eine Mischung aus beidem, und die Hohepriester der Riffs und Licks, nehmen wir Chuck Berry oder Keith Richards, machten hierbei viele unerschütterliche Erfindungen, wie z.B. den Anfang von *Honky Tonk Woman*, oder das berühmte *I can't get no satisfaction*... dap daa... dadadaa...

Chuck Berry, die dunkelgraue Eminenz des Rock'n'roll... der Typ tritt immer noch auf, und bewegt sich auf der Bühne wie eh und je. *Roll over Beethoven, Memphis Tennessee, Carol, Sweet little sixteen, Maybelline,* und vor allem *Johnny B. Goode...* wer kennt die Songs des Altmeisters nicht. Der Hitcharakter wird halt auch durch die sagenhaft eingängigen Riffs seiner Gitarre geprägt. Und das Zeug scheint extrem jung zu halten, sieht man sich Chuck Berry heute an. Crisby und ich wollten an diesem Jungbrunnen um jeden Preis der Welt teilhaben, und nichts erschien uns erstrebenswerter, als einmal so Gitarre spielen zu können.

Aber so weit waren wir noch lange nicht. Von einem Nachbarn brachte ich also erst einmal ein kleines Stimmpfeifchen mit, was angeblich genau auf diesen ominösen Kammerton passen sollte. Bezeichnenderweise ein A... 440 Hertz oder so. ... wieso hatte sich der Erfinder der Musik nicht etwas anderes einfallen lassen, als ausgerechnet A? Er hätte es ja auch K oder P nennen können, aber es wurde natürlich ein A. Wie unsensibel, scheint mir, doch die Musiktheoretiker wissen bestimmt, warum und wieso.

Die Saiten werden dann in der Grundstimmung auf die Töne E A D G H E (von oben gesehen) gespannt. Wir merkten uns diese Erkenntnis mit dem Satz „Eine Alte Dame Ging Hering Essen", (stand so in der Lierenfeld-Fibel) und das war schon wieder einmal mehr, als wir jemals im Musikunterricht in der Schule mitbekommen und behalten hatten.

Dazu muss man sagen, dass man als engagierter Gitarren- lehrling eigentlich sehr gut auf tiefere Notenkenntnisse ver- zichten konnte, und kann. Ein Umstand, der uns damals sehr entgegen kam, denn nach Noten zu spielen, war für uns der In- begriff des Spießigen, und noch dazu völlig weltfremd. Sollten etwa Jimi und Eric-the-Slowhand ihre Gitarrensoli NOTIEREN, bevor sie sie spielten?? NEVER!!

Später stellten wir dann fest, dass eine gewisse Ahnung von fundamentalen musiktheoretischen Dingen der weiteren Ent- wicklung des Musikers durchaus zuträglich sein kann. Schnell kommt man nämlich an den Punkt, wo man nachts einen hart- näckigen Riff im Kopf hat, oder eine Melodielinie, die man schnell mal festhalten möchte, bevor sie sich im Schlaf wieder verflüchtigt. Und jetzt? Keinen Kassettenrecorder zur Hand? Schon schlecht. Oder noch schlimmer: gerade keine Gitarre in der Nähe? Oh Hilfe...

Ich erinnere mich noch an meine früheren verzweifelten Aufzeichnungen, wenn mir im Halbschlaf eine für genial be- fundene Tonfolge einfiel, die garantiert einen Welt-Hit in sich barg. Es war ein Gewirr von Linien und Buchstaben, mit Rand- notizen wie „aufsteigend" oder „hierhin ziehen", und kleinen Bildchen, wo man welche Finger wann zu positionieren hatte. Und jetzt bring das mal am nächsten Morgen wieder dazu, so zu klingen, wie zum Ursprung des gedanklichen Entstehens.

Oder man spielt mal eine Session mit Notisten, also Musi- kern, die vom Notenblatt nicht nur ablesen können, sondern davon nahezu abhängig sind. Furchtbare Menschen, aber man begegnet ihnen ab und zu, und denen dann plausibel zu vermitteln, dass man aber auch nicht EINE Note ernsthaft umsetzen kann, ist relativ schwierig, und alles andere als produktiv. Oder man beschäftigt sich, wie ich zu einem wesentlich späteren Zeitpunkt, mit kleinen Lehrstücken für die klassische Konzertgitarre. Narciso Yepes... Ohne Noten? Forget it...

Oder wenn man wirklich nur mal eben die Gesangslinie aus einem Songbook ablesen will... ohne zumindest elementare Grundkenntnisse der Notenschrift geht da gar nichts.

Mit einem Mangel an Feeling, wie wir damals dachten, hat das Noten-lesen-und-danach-spielen-können übrigens nichts zu tun. Es ist halt nur eine Frage, wie weit man sich dahinter verschanzt, oder die Noten eben nur als Anhaltspunkte zur Gestaltung und Interpretation ansieht. Also alles eine Sache des Stils.

Anscheinend hatten aber viele unserer Vorgänger mit ähnlichen Problemen zu kämpfen, oder verweigerten sich, aus welchen Gründen auch immer, einfach der klassischen Musiktheorie. Warum, oh Glückes Geschick, wurde sonst die ‚Tabulatur‘ erfunden? Statt der fünf Notenlinien gibt es hier nämlich deren sechs für die Gitarrensaiten, und statt Notenköpfen und -hälsen werden Zahlen eingetragen, die den jeweiligen Bund angeben, in dem der Ton gespielt werden soll. Und man zeichnet die Bünde quer über die Saitenlinien und markiert die Finger mit Punkten und dazugehörigen Zahlen, also Daumen = 0, Zeigefinger = 1, und so weiter. Entzückend einfach. Also, das sieht schon eher so aus wie meine ersten Kritzeleien, und war ein nahezu ideales Mittelchen, um die frisch gelernten oder ausgedachten Riffs und Licks festzuhalten. Bei weitem nicht so präzise wie die Notenschrift, aber immerhin. Als wilder Rockgitarrist kam es ja auch auf einen Schnaps nicht an.

Schnell hatten wir dann raus, dass man die Saiten nun der Reihe nach stimmen konnte, indem man die fertige Saite, nehmen wie die A-Saite, im fünften Bund drückte, und die nächst darunter gelegene, ungegriffene D-Saite so lange an den obigen Wirbeln verzog, bis sie genau so klang, wie die runter gedrückte, in diesem Fall die A, gegriffen also D.

Schon müde? Na, und wir erst. Irgendwann bekamen wir dann, dank der Lierenfeld-Fibel, auch die Besonderheit mit der H-Saite spitz, und akzeptierten den Umstand, dass der Referenzton ausnahmsweise einmal im vierten Bund lag, einfach als gottgegeben.

Nach zähem Ringen und einiger Zeit hatten wir die sechs Drähte auf ein relativ akzeptables Ergebnis geschraubt, und die Gitarre klang nach wie vor hundsmiserabel. Crisby ließ seine Finger über die Saiten stolpern, und das Resultat war niederschmetternd. Was für ein unmöglicher Lärm. Ein Cluster, ein Knubbel aus sechs verknautschten, scheppernden Geräuschen, die ähnlich Schraubzwingen an metallene Gerätschaften bollerten, und einen widerwärtigen Klang erzeugten. Es kam einem vor, wie das Schubbern eines alten Dieselmotors, der einem aus purer Bocklosigkeit kundtut, dass er an diesem Tag nicht beabsichtigt, anzuspringen. Es musste irgendwas Unterirdisches sein, es kam fast dräuend auf einen zu, etwa wie aus den Hallen einer verlassenen Fabrik, oder als schlüge man mit der flachen Hand auf ein Klavier, dass beim letzten Wasserschaden im Keller abgesoffen war. Ätzend.

Und auch das C-Dur, unser erster Akkord, klang mal schlecht, mal weniger schlecht, aber niemals ausreichend, oder gar nur genügend. Und schon gar nicht wollte uns einleuchten, wie dieses Instrument jemals so klingen sollte, wie wir es damals von unseren Idolen aus dem Radio hörten, oder von unseren ersten schwarzen Vinyl-LPs. Wie gesagt, The Kinks, *Loooola* lief immer noch im Radio, und schien in den damals aktuellen Charts für immer und alle Zeiten fest zementiert.

‚The Hitparade‘, die man immer samstags um zehn auf 96,5 hörte. Die Saturday-Show auf BFBS, dem englischen Soldatensender, war ein fester Bestandteil der musikalischen Früherziehung, zumindest für diejenigen, die die Haare etwas länger trugen.

Zu dieser Zeit klangen die E-Gitarren schon sehr speziell. Es gab bereits taugliche Effektgeräte auf dem Markt, und es war ein einziges Jaulen, Kreischen und Krachen, weil sich jeder Gitarrist darum bemühte, anders zu klingen, oder seine Mitstreiter klanglich an die Wand zu spielen, so dass es in der Soundkiste also heftig rappelte.

Die Ära der 50er-Helden, wie Bill Haley und Little Richard, war vorbei, und Chuck Berrys vormals enthusiastisch gefeierte Licks aus *Johnny B. Goode* muteten beinahe wie Klassik-Konzerte gegen die britzeligen Gitarren von Jimmy Page oder Ritchie Blackmore an. Und wie schnell die Jungs waren... und wie exaltiert sie auf der Bühne mit dem Gerät umgingen... wooooww...

Ich bin ja sowieso der Meinung, dass kein anderes Instrument auf der Welt mit einer solchen Inbrunst und Vielfalt misshandelt wird, wie die Gitarre. Sie wird geschlagen und gezupft, gewirbelt und gepickt, wechselweise geschunden und gestreichelt, sogar abgeleckt und gebissen, danach verzerrt, gebraten und durch Phaser, Flanger und Hallräume gejagt, sie wird beklebt, geschändet, zertrümmert, im Stehen, Sitzen und Liegen gespielt, abgesägt, verbrannt und am Ende dann liebevoll aufgehängt. Und ich bin der absoluten Überzeugung, dass es nicht wenige Gitarristen gab und gibt, die ihr bestes Stück mit ins Bett nehmen.

Haben sie etwa schon mal einen Pianisten oder Bratschespieler so mit seinem Instrument umgehen sehen? Mal abgesehen davon, dass man ein Piano schlecht mit ins Bett nehmen kann, aber ein Saxophonist oder Querflötenpuster beim Übergießen seines Instruments mit Feuerzeugbenzin?? Unvorstellbar! Ian Anderson von Jethro Tull, dem würde ich es vielleicht noch zutrauen, aber sonst? Auch Miles Davis hat seine Trompete lieber wieder in den alten Lederkoffer gepackt als sie nach dem Konzert ins Publikum zu werfen, oder mit ihr auf die Snare-Drum des Schlagzeugers einzudreschen. Auf solche Ideen kommen die Bläser gar nicht erst, aber zu denen haben wir Gitarreros ja von je her ein gestörtes Verhältnis.

Die folgenden Wochen waren also geprägt von stetigem Üben und Verbessern. Seite neun der kleinen alten Fibel brachte uns weitere Erkenntnisse und neue, spielbare Akkorde, F-Dur, G-Dur, sogar eine Melodie war eingezeichnet, die man angeblich mit den ersten drei Griffen begleiten konnte, was wir natürlich unterließen. Uns stand der Sinn nach Licks und Riffs. Wir strebten höheren Zielen entgegen.

Und es ging voran. Wir spornten uns gegenseitig an, es immer und immer wieder zu probieren, und die Resultate blieben nicht lange aus. Wir sahen die Bühnen dieser Welt schon näher kommen, doch es fehlte irgendwie der entscheidende Fingerzeig, der Hinweis, wie es tatsächlich besser gemacht wird, wie man es umsetzt, wie es wirklich klingen kann, und wie es noch schneller und sauberer zu spielen ist. Lierenfeld hin, Lierenfeld her, wir brauchten einen Supervisor.

Und dann trafen wir Roodie. Roodie war ein Junge aus der Nachbarschaft. Er war einige Jahre älter als die meisten unserer Freunde auf der Straße, und außer ein paar gemeinsamen Fußballspielchen hatten wir bis dato mit ihm nicht allzu viel zu tun. Eines Tages sahen wir ihn sehr souverän mit einem Gitarrenkoffer den Gehweg runter schlendern (Richtung Stratmann... auch ‚Stratze' genannt, der örtliche Versorger mit Klümpchen, Bier und 11er-Packungen Camel-Filter), und es dünkte uns plötzlich, dass wir mit unseren verkrampften ersten Versuchen nicht mehr allein auf der Welt waren. Der Heilsbringer war nah, und wir beschlossen, ihn anzusprechen.

Roodie zeigte uns dann tatsächlich, wie es ging, aber nicht, ohne dass er unsere Eltern dafür um den einen oder anderen Zehner erleichtert hätte. Doch das war okay, ein fairer Deal, denn das Gezumpfel, was wir vorher in unseren Zimmern abgeliefert hatten, ging ja auf Dauer auf keine Kuhhaut, und Mutterns sowieso schon durch Jimi und andere Idole betäubten Ohren waren dankbar, dass nun auf einmal etwas Angenehmes aus den Räumlichkeiten der Youngster drang.

Übungsstunden... Roodie entpuppte sich als lockerer Vogel, und vermittelte uns mit viel Spaß so manches Neue und Interessante. Vor allem die Grundakkorde... E-Dur, A-Moll, und dann das D-Dur, was speziell bei mir zu einiger Irritation führte. Ich bekam es einfach nicht hin, die Finger zum richtigen Zeitpunkt sauber auf die Saiten zu setzen, so dass unsere ersten gemeinsamen Songs immer an derselben Stelle hängen blieben. Crisby und unser Entwicklungshelfer rollten schon mit den Augen, aber mein Blackout war dermaßen standhaft, dass sich Roodie immer einige Taktschläge vor der betreffenden Stelle genötigt sah, ein lautstarkes „D wie DOOF" in den Raum zu bellen, was nicht nur erheiternd war, sondern mir noch bis heute in den Ohren schallt.

Irgendwann aber war auch diese beinahe unüberwindliche Klippe gemeistert, und es folgten Barreegriffe (diese schwierigen Teile mit dem langen Zeigefinger) und verschiedene Rhythmustechniken, die ersten Blues-Übungen und so weiter und so fort. Bob Dylans Songbook war schnell zu schmal geworden, und Roodie fütterte uns mit Stoff, und wir werkelten, dass es nur so rauchte.

Crisby stellte sich als schneller und gelehriger Schüler heraus, und schon bald konnte er zusammen mit Roodie den einen oder anderen Song auf einer kleinen Bühne in der Nähe unserer Straße zum Besten geben, wo sich die Jugend des Viertels traf, und dumm rum stand, und Bier schlürfte oder kickerte.

Für mich war damals mit ‚D wie Doof' fast das Ende der Fahnenstange erreicht, aber ich biss mich durch, und es gibt auch für mich heute kein Leben mehr ohne die Gitarre. Ich glaube aber, ohne die entscheidenden Hinweise unseres Exerzitienmeisters wären aus Crisby und mir nie passable Gitarristen geworden. Ein guter Lehrer vermittelt einem Technik, ein sehr guter dazu die Begeisterung und den Biss, immer weiter zu machen, und niemals aufzugeben. Und es hört ja verdammt nie auf, das Lernen. Es gibt immer wieder neue Riffs und Licks, immer wieder neue tolle Techniken zu bestaunen, und immer wieder bringt ein Kollege neue Sounds und neue Ideen mit.

30
Wie Sand am Meer

Auch schon zu der Zeit, als wir mit unseren ersten ungelenken Bemühungen auf dem Instrument versuchten, berühmte Gitarristen zu werden, gab es Bands wie Sand am Meer. Das hat sich quantitativ bis heute nicht allzu sehr gewandelt, aber es war doch irgendwie anders. Eine Band war damals noch nicht so ein loser, meist aus kommerziellen Erwägungen gegründeter, und schon deshalb von vornherein zeitlich limitierter Zusammenschluss, wie es heute leider überwiegend der Fall ist, sondern eine echte Institution, eine Glaubensgemeinschaft, ein Familienersatz, oder zumindest eine innige Männerfreundschaft, die nicht selten Jahrzehnte, wenn nicht ein Leben lang, hielt.

Ich sage hier ausdrücklich Männer-Freundschaft, denn natürlich gab und gibt es auch Frauen-Bands, oder zumindest gemischte Besetzungen, oder auch wundervolle Sängerinnen und virtuose Instrumentalistinnen. Doch die Rockmusik scheint mir nach wie vor stark männerlastig zu sein. Korrigiert mich, ihr Frauen, es ist vielleicht ein Phänomen, was man nicht so genau erklären will oder kann, aber Teufel, es ist was Wahres dran.

Ich möchte jetzt gar nicht lange auf diesen Kram mit den

historisch gewachsenen, so genannten traditionellen Rollenverständnissen eingehen, geschweige denn soziologisch tiefschürfende Betrachtungen über die überwiegend friedliche Koexistenz von Mann und Frau anstellen. Nur kurz dazu: als die Rockmusik entstand, sagen wir mal so in den frühen 50ern, war das Frauenbild in der Gesellschaft wesentlich kleinkarierter, als es selbst heute noch manchmal ist. Es gab zwar auch damals schon Künstlerinnen, die zu Weltruhm gelangten, aber doch kaum im Rock'n'roll. Die Chance, als Frau eine Rock'n'roll-Karriere zu starten, oder gar die Vorstellung, als Rockröhre oder Gitarristin eine Bühne zu entern, war zu der Zeit noch ziemlich abstrus.

Ergänzend dazu stelle ich hier und jetzt eine nicht ganz sattelfest zu untermauernde, also provokante These auf, und bezeichne das Gitarre-Spielen als Handwerk. Handwerk war seit Ewigkeiten, und sogar noch in der Mitte des letzten Jahrhunderts, reine Männersache, von Haushalts-Aktivitäten wie Nähen, Stopfen oder Bügeln einmal abgesehen, und Frauen hatten sowieso viel zu zarte Gliedmaßen für ein kraftvolles Gitarren-Handwerk, noch dazu mit ihren meist zu weichen oder zu langen Fingernägeln. Für die Griffhand braucht der Gitarrero aber kurze Nägel, um die Saiten kräftig und zielgenau auf die Bünde drücken zu können, während die Zupfhand gern auch längere Nägel trägt, spitz gefeilt, die vor allem kräftig sein sollten, damit sie nicht abbrechen. Ehrlich, welche Frau hat solche Fingernägel??

Und hat sie eben solche, und wird zur Gitarrera, spielt sie das Teil doch immer noch ganz anders, als ein Mann es tut. Von einigen Wenigen mal abgesehen, die als slappin'-tappin'-pickin'-Monster durch die Szene touren (Vicky, cool down...), oder anderen, deren Stimmen die Fähigkeiten an der Gitarre bei weitem übersteigen, sind Frauen in der Gitarren-Rock-Pop-Musik-Szene stark unterrepräsentiert. Es sind immer noch absolute Ausnahmeerscheinungen, und es scheint sich auch nichts Wesentliches daran zu ändern.

Man hat zwar eine Ahnung, dass die Eine oder Andere schon in der Lage wäre, so ein lichtschnelles Solo a la Gary Moore oder Alvin Lee zu spielen, aber tut sie es? Natürlich nicht, Frauen spielen anders. Sie haben nicht die Wucht eines Leslie West, oder die Raffinesse eines Steve Stevens. Sie spielen das Holz einfach ohne Mumm, ohne Pfeffer, ohne Eier, um es mal beim Namen zu nennen. Sie tun es mehr mit ihrer typisch weiblichen, frickeligen Verspieltheit, ihrer andächtigen Präzision und der alles überlagernden Harmonie-Bedürftigkeit, und sie nutzen es mehr als Mittel zum Zweck. Und die wenigen Ausnahmen bestätigen nur die Regel.

Nun gut, wir Typen sind in der Überzahl, da könnt ihr Frauen machen, was ihr wollt. Die anhängende ‚Dedicated-to'-Liste spiegelt die vorangegangenen Überlegungen übrigens nur allzu gut wider.

Ich kann mir denken, dass das nun wieder Wasser-auf-die-Mühlen der feministischen Vorkämpferinnen ist, aber geschenkt. Es ist völlig wertfrei gemeint, und schon gar nicht frauenfeindlich. Im Gegenteil, ich liebe Rickie Lee Jones, Joni Mitchell, KD Lang, Sheryl Crow, Bonnie Raitt, und die Eine oder Andere noch dazu. Ich liebe ihre Art, Gitarre zu spielen, und vor allem liebe ich ihre Stimmen. Aber diese Qualitäten waren speziell in den 50er-Jahren, als alles begann, einfach nicht gefragt. Der Rock'n'roll gebar lieber Söhne.

Da hatten die Männer dieser Welt also wieder mal eine Nische gefunden, wo es sich so richtig gut austoben ließ, wo sie mit ihren prahlerischen Allüren, ihrem stolzen Gockel-Gehabe, ihren animalischen Gesten und Mimiken und den verquasten Bewegungs- und Verhaltensmustern die Wirkung ihrer Lockstoffe vollständig zur Entfaltung kommen, sprich: mal ordentlich die Sau raus lassen konnten.

All diese angeberischen Attribute der Rockstars, speziell der Gitarristen, blieben uns Jungs natürlich nicht verborgen, und die beliebte Luftgitarre, vorzugsweise zu dröhnend lautem Heavy-Metal, trieben wir dann auch zu weitaus größerer Perfektion, als es uns mit der richtigen Gitarre jemals gelingen sollte. Wir waren gedanklich auf den Bühnen mit unseren Idolen, und übertrafen sie locker in ihrem Manierismus.

Und wir spürten, ohne zu wissen warum, dass die Gitarre eine außerordentliche Symbolkraft haben kann, wie so eine Art Phallusstatue, und schaut man sich die meisten Saitenartisten bei ihren affektierten Soli an, das Ding in Hüfthöhe gehalten, den Gitarrenhals annähernd vertikal aufgerichtet, das Gesicht verzerrt... also entweder leidet da einer furchtbare Schmerzen, oder er onaniert sich gerade in den siebten Himmel der Glückseligkeit.

Vielleicht ein weiterer Grund, weshalb Frauen im Rock'n'roll früher so geringschätzig belächelt, oder ausschließlich als Außenseiterinnen, als Exoten angesehen wurden, die vermutlicherweise nicht alle auf der Reihe haben konnten. Und eine Erklärung dafür, dass sie lange Zeit allerhöchstens als schmückendes Beiwerk geduldet waren, oder schlimmstenfalls als Groupies, die für die Herren der Schöpfung zur Verfügung zu stehen hatten. Und, by the way, ihr Groupies, dieses auch reichlich taten. Mittlerweile hat sich das zum Glück alles etwas gelockert, und CC und mir waren solche Ambitionen sowieso völlig fremd.

Aber Frauen ticken eben auch so ganz anders als die Männer, und so misslangen unsere später durchaus ernst gemeinten Versuche, eine oder mehrere dieser Wesen in unsere Bands zu integrieren, kläglich. No woman, no cry, sang Bob Marley. Auch wenn das bestimmt anders zu verstehen war als in diesem Zusammenhang, so hatte eine reine Männer-Kapelle doch in der Regel eine vielfach höhere Halbwertzeit, und eine größere Überlebenschance als eine, in der sich Frauen tummelten.

Meist lief das so ab: der Gitarrist schleppte Tanja oder Silke an, seine neue Flamme, tolle Figur, knackiger Hintern, und behauptete mit ernster Miene, sie könne sagenhaft gut singen. Tanja oder Silke stellte sich dann mit ihrer Fiepsstimme vor das Mikrofon, versank vor Scheu in den Fußboden, und bewegte sich mehr zeitlupenartig drei Zentimeter hin und her. Alle waren hormonbedingt begeistert, vor allem der Gitarrist, natürlich. Die Band schrieb ihr die Lieder auf den Leib, benahm sich brav, und unterdrückte beim Proben sogar die bierbedingten Körperreflexe. Aber sie ging irgendwann mit dem Schlagzeuger ins Bett (der sah sie halt meist nur von hinten), und bevor der Bassmann seine Hemmungen ablegen konnte, war die Baggerei auch schon vorbei, denn die Band löste sich völlig verfeindet auf.

Eine Rockband war für uns Jungs und Männer eine Diaspora der männlichen Riten und Rituale, eine Bastion maskuliner Geselligkeit. Hier wurden noch stammtisch-taugliche Zoten gerissen, hier wurde das Bier aus der Flasche getrunken und hemmungslos in die Gegend gerülpst. Hier lag man sich freudenträchtig in den Armen und frönte dem bauchbetonten Jointventure... paradiesische Zustände. Man stelle sich dieses Szenario mit einer Frau in der Band vor... UNMÖGLICH.

Oft lebte man sogar zusammen, als Junggesellen, teilte sich eine WG, kümmerte sich keinen Deut um Sauberkeit und Ordnung, und begab sich ab und an auf abgründige Tourneen, in schummerige Clubs, wo man im Publikum wiederum überzählig bis ausschließlich Männer fand. Frauen wurden dabei zwar (manchmal) geduldet, und vielleicht auch getauscht, aber niemals wirklich in den Spielkreis gelassen. Und die Performance einer Band drückte immer auch die Gesinnung eines Großteils der Belegschaft aus. Da störten Frauen nur, da musste man(n) sich ja wohlmöglich anders verhalten.

Und um den Schwenk jetzt hinzubekommen: warum zum Henker sollte sich schon eine Band Rammstein nennen, wenn sie doch mittelalterliche Minnelieder zu Laute und Schalmei produzieren will? Oder könnten die Sex Pistols etwa butterweichen Schmalspurpop servieren, oder die Toten Hosen sonntagsbuffetgerechte Texte verbreiten? Eher kaum...

Bands wie Sand am Meer also. Die meisten Bandnamen fingen zu unserer frühen Zeit mit ‚The' an. The Beatles, The Doors, The Small Faces, sogar eine Band namens ‚The The', und eine namens ‚The Band' gab es... sehr einfallsreich, die Brüder. Oder man verwendete den Namen des Stars oder Sängers, und setzte die ‚The'-Band hintendran... (Bill Haley & The Comets, oder Country-Joe & The Fish). Erst später, so ab Ende '70/Anfang '80 kam eine deutlich veränderte Namenskultur auf, und es wurde Mode, sich möglichst phantasievolle Titulierungs-Gebilde zu suchen, oder Abkürzungen wie ELO oder JGB. Man entlieh sich die Namen aus biblischen Texten oder Romanvorlagen, oder ließ die stoffgetränkten Träume entscheiden. Und die Rolling Stones ließen einfach das ‚The' weg, das ging auch.

Die Auftritte wurden immer ausgefeilter. Hatte man zu Beginn noch Corporate-Identity mit (schicken) Uniformen, Anzügen und Krawatten, so wurde später getragen, was gefiel oder gerade angesagt war. Hippie-Klamotten, Gammel-Look oder Glitzerzeugs, der Kreativität war dabei keine Grenze gesetzt. Heute werden die Bühnen-Outfits vom Stage-Designer bestimmt, denn das Hemd muss ja farblich zum Hintergrund passen, sonst hagelt es Kritik. Die Show nimmt mehr und mehr Großopern-Dimensionen an. Es gibt Bühnenbilder, Effekte und Kostüme bis zum Abwinken, die Stars wechseln mehrfach den Dress, wie auf einer Modenschau, und werden für jedes neue Höschen genauso bejubelt wie für einen gelungenen Song. Aber dazu später.

Ziemlich zur gleichen Zeit der ersten Gehversuche von Crisby und mir, also heute vor etwas mehr als 30 Jahren, begann auch die Karriere von Stompin' Jack Vibree und Mathieu Mireille (im weiteren Verlauf kurz SJV und MM genannt), zwei dieser schillernden Figuren, wie sie wohl nur die Pop- und Rockmusik hervorbringen kann. Es war eher Zufall, oder vielleicht nennen wir es hier einfallsloserweise mal schicksalhafte Bestimmung, die CC und die beiden fast auf den Tag genau, eben zu diesem 30jährigen Bühnenjubiläum, zusammenbrachte. Die zwei gastierten mit ihrer Band ‚Quarter 42‘, wie sie sich aktuell nannten, anlässlich ihrer Welt-Tournee in Deutschland, und der Terminkalender führte sie dieses Mal in seinen Tätigkeitsbereich. Crisby verdingte sich als Außenreporter für eine kleine Vorstadtpostille, und durfte sich überwiegend mit den musikalischen Auswürfen lokaler Rockgruppen oder dem Sonntagsspiel der vierten Reservemannschaft des TUS-TC-1899 beschäftigen. Eine Aufgabe, die er allerdings sehr ernst nahm, und die er mit Sachverstand anging, und immer mit allerlei witzigen Einfällen und Bonmots garnierte.

Am Morgen vor dem Interview-Termin rief er mich völlig übermüdet an, und berichtete mir von einer schlaflosen Nacht. Er hatte einen nervösen Magen, und ein, zwei tiefe rote Pickel, die sich unter seinem Dreitagebart gebildet hatten. Er war spürbar angespannt. Es war eben auch für ihn etwas anderes, eine örtliche Garagenband vorzustellen, oder sich mit diesen beiden Legenden der Popmusik zu unterhalten, und dabei noch einen halbwegs vernünftigen Eindruck zu hinterlassen. Er sagte, er habe etwas Manschetten vor dieser Begegnung.

„Ich habe etwas Manschetten vor der Begegnung. Als allererstes werden sie mir bestimmt ihr furchterregendes ‚fuck off, bloody bastard‘ vor die Füße werfen", sagte er.

Als Crisby den Raum betrat, fläzten sich Stompin‘-Jack und Mathieu Mireille bereits auf einem energisch gestreiften Biedermeiersofa, so eines mit Nussbaumfüßen, die nicht alle gleichzeitig den Boden berührten, weshalb sie in der glanzlosen Geschichte des Sitzmöbels mehrfach ALLE gekürzt und ausgerichtet wurden. An dem Schiefstand des Sofas freilich änderte sich dadurch nichts, und so hielt ein Bierfilz das Ding in der Waagerechten und verhinderte, dass es dauernd hin und her kippelte.

Mathieu fingerte an einer Akustikgitarre rum. Es war so etwas wie *Heart of Gold*, eines meiner Lieblingsstücke von Neil Young, und man konnte förmlich die weltberühmte Gesangslinie hören, die sich so wunderbar spannend über die Gitarre legt.

CC: Hallo, Leute...

SJV/MM: (einträchtig)... fuck off, bloody bastard...

CC: (freundlich)... mit dieser Antwort habe ich gerechnet...

SJV: Was für eine Antwort? Wie war noch mal die Frage? (breites Grinsen...)...

MM: Der war gut, Fröschken... (abklatschen...)

So sehr Crisby auch versuchte, seine Nervosität in den Griff zu kriegen, und sich ganz und gar auf die bevorstehende Zeit mit den beiden Veteranen der Rockmusik zu konzentrieren, so sehr kam ihm aber doch in den Sinn, dass schon der Anfang irgendwie vermasselt war, und sie auf ihre sehr urwüchsige Art und Weise recht hatten...

CC: ... ähh... nun ja...

SJV: Game over... das Interview ist beendet...

CC: ... aber ich hab' doch noch gar nicht angefangen...

SJV: ... und genau deshalb ist es jetzt vorbei... ich konnte ja auch nicht anfangen... ich saß heute Mittag im ‚Lewinski‘, und konnte nicht anfangen zu ESSEN, weil ich zu diesem saublöden Interview musste...

MM: Jau... ich hatte Spiegelei mit Bratkartoffeln und Salat, aber nur weil ich etwas früher da war. Jack hatte noch im Hotel zu tun... irgendwas mit der Minibar...

SJV: Yeah... sie war leer... stell dir das vor... LEER!! (Augenrollen...)... die Göre an der Rizeppschen blubberte nur was von ‚room-service'... stupid fuckin' hotel...

CC: (bemüht, die Wogen zu glätten und den Faden nicht schon zu verlieren)... Man merkt, dass ihr einiges an Erfahrung im Hotelwesen habt... (lacht).

SJV: Quatsch nicht rum, Junge... hol mir lieber'n Bier...

CC: (versucht halb-englisch mitzuhalten)... das Catering ist unterwegs...

MM: Bist' nervös? Hast wohl etwas Manschetten?

CC: (räuspert sich)... Nein, eigentlich nicht...

Brauchte er auch nicht. Es war, wenn man so will, eine Begegnung auf Augenhöhe, denn Crisby war im Laufe der Jahre selbst das geworden, was man gemeinhin als gestandenen Gitarristen bezeichnete, mit einem nicht zu unterschätzenden Fundus an Riffs und Licks, und einer feinen Technik, die ihn immerhin befähigte, das Beatles-Songbook rauf und runter zu spielen, sich gängige Pop-Songs aus dem Radio abzuhören, und immer wieder selbst in diversen Combos in die Saiten zu greifen. Es gab keinen Grund zu ehrfurchtsvoller Erstarrung, außer der Tatsache vielleicht, dass es diese beiden Typen geschafft hatten, sich mit ihrer Musik sogar wirtschaftlich über Wasser zu halten. Ein insgeheimer Wunsch von Crisby, den er sich aber nie wirklich erfüllen konnte.

Stompin'-Jack pulte in seiner Nase. CC stellte sein kleines Diktiergerät an, was von den beiden etwas kritisch beäugt, aber ohne weiteres Murren akzeptiert wurde.

CC: Ich habe euch gestern Abend beim Konzert im ‚Stahlwerk' gesehen... ein großer Erfolg... Gratulation... wie fühlt ihr euch, und wie ist euer Eindruck von der hiesigen Musikszene?

MM: Well... ja, die People gingen gut mit... Jack und ich waren topp drauf... ein gelungener Abend...

SJV: ... yeah... vor allem die kleine Blonde an der Bar... Hammer, sage ich... (lacht)

MM: (zuckt mit den Schultern)... Jack hat halt gern was am Start, wenn wir auf Tour sind...

Crisby nickte. Er hatte mitbekommen, wie sich Jack schon während des Auftritts gründlich umgesehen hatte, und seine Augen schließlich bei einem deutlich jüngeren, blond-gelockten Mädel hängen blieben, das beim Konzert euphorisch mitging, und sich anschließend an der Bar nur allzu gern von ihm anquatschen ließ.

CC: (schlägt die Beine übereinander)... an Verehrerinnen dürfte es euch ja kaum mangeln... die Girls fahren voll auf euch ab, und ihr seid bekannt für einen hohen Verschleiß... ääh... Bedarf in dieser Richtung...

MM: (kichert)... ist das so?... ich bin aber eher der zurückhaltende Typ, während Jack noch ein wahrer Draufgänger alter Schule ist...

SJV: ... Matt hat Recht... aber mit seiner furchtbaren Schüchternheit bringt er ihre Herzen halt immer wieder zum Triefen... (grinst schräg...)... only youuuuuhh...

MM: Wir haben mal einen Song darüber geschrieben... der hieß *„if you can't be with the one you love, love the one you're with"*... (lacht wieder...)... nee, der ist von Stephen Stills, glaube ich...

CC: Schreibt ihr eigentlich eure Songs alle selbst?

MM: ... hm... es gibt keinen Ghostwriter... oder so was in der Art... wenn du das meinst... wir verwenden manchmal Ideen von anderen... aber am Ende ist es immer ein Song von uns... und gecovert wird nur in Notfällen...

CC: Was meinst du mit „Ideen von anderen"?

MM: ... ach, glaub' mir... alles wurde schon mal gesagt, geschrieben und komponiert... ALLES, sage ich... in dieser Hinsicht hatten die Beatles zu ihrer Zeit einen echten Vorteil... sie betraten Neuland, wenn auch ihre frühen Scheiben noch den Sound der 50er hatten, und sie am Anfang auch zahlreiche Licks von anderen übernahmen... aber spätestens mit *Sgt.-Peppers* hatten sie ihren eigenen Stil gefunden, und die Post ging ab wie Brause... so ab Ende '70/Anfang '80 gab's aber kaum noch eine Band, die wirklich etwas Neues brachte... von Sting und The Police vielleicht mal abgesehen... aber sonst wurde doch gestohlen, was das Zeug hielt... Melodien bekamen nur einen anderen Groove, die Songs nur einen anderen Sound oder Text verpasst, die Technik eilte irrsinnig voran, und damit die Möglichkeiten in den Studios... aber die Idee, die Linie, das Motiv, das war geklaut... heute hört man in den Charts ja nur noch so Diebesgut vom Sampler, und ich sag' meinen Kindern dann: ‚hey, das Thema ist aus *in-a-gadda-da-vida*... das hab' ich schon 1970 gehört'... sie kucken mich dann immer an wie Auto... (lächelt...)

CC: Und ihr? Wo klaut ihr?

SJV: Überall und nirgends, Junge... ist doch klar... man hört einen guten Song im Airplay... nehmen wir die Neue von Crowded House... Neil Finn... der Typ ist echt heavy drauf, ein Dieb, wie er im Buche steht... hat ohne Ende bei den Beatles abgekupfert... mal hört man Paul McCartney singen, mal John Lennon... mal nimmt er nur einen Lick, oder einen Akkord... mal eine ganze Linie oder einen Background-Chor... wie aus einem Baukasten... The Beatles zum Selber-Basteln... Neil Finn, die Fab-Four in Personalunion... die Wiederauferstehung der größten Band aller Zeiten... ich liebe ihn... er hat 'ne saubere Sache daraus gemacht... unverwechselbar...

MM: ... klaro... aber da kann man auch mal sehen, was die Beatles mit ihren wenigen Alben damals auf die Beine gestellt haben... ohne Ende Originalität...

SJV: ... allerdings... und vergiss George Martin nicht... der ist mindestens so genial, wie die vier Pilzknilche...

MM: ... jip... im Prinzip haben sie uns alles vorweg genommen... was bleibt einem da anderes übrig, als zu klauen... (grinst schäbig)

SJV: ... eben... klauen wir halt weiter... wir hören die Melodie, und in unseren Köpfen entsteht ein Picture... das Bild von einem Song... eine Ahnung erst... man setzt sich hin, spielt etwas auf der Gitarre, und dann hat man es... hier und da gibt's einen neuen Riff dazu... eine andere Bridge... der Chorus muss natürlich verändert werden, sonst fällt's ja auf... (gnickert)... und zack... fertig ist das Ding... damned easy...

MM: ... okay... ganz so einfach ist's natürlich nicht, aber im Prinzip funktioniert's...

CC: Ihr meint, so machen es alle?

MM: Jou. ... gut geklaut ist halb erfunden... wie gesagt, alles war schon mal da, und eine Revolution ist nicht in Sicht... so wie es Blues, Swing und Jazz in den 30ern oder 40ern mal waren, oder später der Rock'n'roll in den Fifties, sogar die Beat-Musik in den 60ern... das waren epochale Ereignisse... das war wirklich etwas NEUES...

SJV: ... und ob... die Fifties... die Leute hörten damals Marschmusik und Klassik, Schlager und Operetten und so was, vielleicht noch etwas Swing, wenn es den mal irgendwo gab... und dann kam da dieser ölige Typ aus Memphis daher, Elvis-the-Pelvis... und Bill Haley versöhnte die feindlichen Linien, nahm die schwarze Bluesmusik auseinander, würzte sie mit den angesagten Sounds der Weißen... und die Leute rasteten aus... diese Begeisterung gab es danach nie wieder... zu Recht... wo bleibt mein Bier?

CC: ... ich geh mal schauen...

Crisby hatte die erste Hürde geschafft. Das Gespräch entwickelte sich, und die beiden Freunde hatten anscheinend einen guten Tag erwischt. So langsam legte sich seine Nervosität, und er wurde lockerer. Verdammtes Lampenfieber, dachte er. Das war schon immer ein großes Problem für ihn gewesen, gerade, wenn er selbst auf der Bühne stand und singen musste. Am liebsten versteckte er sich hinter seiner Gitarre, und ließ andere den Front-Affen machen.

Lampenfieber ist furchtbar. Der Magen verkrampft sich, der Puls rast, und man hat das Gefühl, dass man die nächsten zwei Stunden nicht überleben wird. Der Kloß im Hals droht einen zu ersticken, und am liebsten würde man im nächstgelegenen Mauseloch verschwinden. Manchmal hörte er von anderen Künstlern, denen es nicht besser erging. Wieder Andere kannten dieses Gefühl überhaupt nicht, oder behaupteten es zumindest, oder sie konnten es gut kaschieren und überspielen, und brachten ihre Auftritte locker scherzend und entspannt im Einklang mit dem Publikum hinter sich. Doch selbst manche alten Haudegen unter den Musikern und Schauspielern leiden wie Hunde vor ihren Auftritten, auch noch nach etlichen Jahren auf Allem, was irgendwie nach Bühne aussieht. Und wie schön ist es, wenn das Lampenfieber nach den ersten drei Stücken langsam abebbt, wenn man merkt, dass man ankommt, und sich nur immer weiter reinschaffen muss, und der Abend hat ein Happyend.

Aber so einfach ist es eben nicht, das Volk ist sensibel, es will verwöhnt werden, es erhebt Ansprüche, und stellt sich bis zum letzten Programmpunkt quer. Ein schlaffer Song zur falschen Zeit, und es gähnt und pfeift, und wendet sich ab. Und es hat die Nase dafür, es wittert sofort, wie ein hungriger Löwe auf der Pirsch, wenn es dem da oben nicht gut geht. Es weidet sich an deiner Nervosität, es beäugt dich, es ist durchsetzt von Sensationsgier. Man hört, nein, man spürt es zuerst, wenn der Applaus anfängt, dünner zu werden. Am schlimmsten ist es, wenn so ein Einzelner noch nachklatscht... klapp... klapp... klapp... wie in Slow-Motion. Man weiß dann, man hat's versemmelt, und muss doch weitermachen, ohne Gnade.

Rockmusik ist ein Schlachtfeld, wie die Liebe und der Tod. Und es ist kein Wunder, dass sich viele Kollegen kleiner Hilfsmittel bedienen, die die Nebenwirkungen der Schlacht erträglich machen. Alkohol und Drogen sind verbreitet, üblich und allgegenwärtig, sie lockern die Zunge, lindern das lodernde Fieber, und bringen den Künstler zu den geforderten mentalen Höchstleistungen. Meint er jedenfalls. Die Performance ist entscheidend, oder anders ausgedrückt: wichtig is' auf'm Platz. Kreative Höhenflüge sind aber nicht auf Knopfdruck herbeizuzaubern, und unter die Haut gehende, sinnliche Erlebnisse schon mal gar nicht. Jedenfalls nicht mit Doping allein. Ein trauriger Aspekt in dieser Angelegenheit, denn die Retourkutsche kommt bestimmt. Die Abhängigkeit von ,Little-Helpern' aller Art hat schon etliche Künstler in den Untergang getrieben, und nicht selten in den Tod. Ein Irrweg, eine fatale Sackgasse.

CC: (ist zurück)... Bier kommt... wo waren wir stehen geblieben?

SJV: ... bei der kleinen Blonden... (kuckt verträumt...)

MM: Es wälzt sich nachts der Jackie-Bär, sie nahm ihm seinen Schlaf so sehr...

SJV: ... ohh no... verschon' mich jetzt bitte mit deinen absurden Reimchen...

CC: Du dichtest?

MM: (gluckst)... nein-nein, nur für den Hausgebrauch... nicht erwähnenswert...

SJV: ... genau... und kaum zu ertragen...

CC: ... geht das Ding noch weiter??

SJV: ... nein...

MM: ... ja...

SJV: ... NEIN...

MM: (holt tief Luft)... gern wollte er das Bärchen schwenken, an Schlaf war eh nicht mehr zu denken... bald rief er laut, bald kam sie her, doch Schlaf gab's nun erst recht nicht mehr...

Mathieu blickte grinsend in die Runde, und Crisby applaudierte zaghaft, während Jack die Augen verdrehte.

CC: ... hast du noch mehr solche Klopper?

MM: ... ja...

SJV: ... NEIN...

MM: ... später

CC: (lacht)... okay... wir waren bei Elvis und dem frühen Rock'n'roll... wie weit hat der euch geprägt? Als ihr auf die Welt kamt, war der größte Hype ja schon vorbei...

MM: Elvis... Bill Haley... Little Richard... Jerry Lee Lewis... ja, das war schon vor unserer Zeit... aber die Wurzeln allen Übels scheinen da zu liegen... unbestritten... und viele der Freaks aus den Sixties orientierten sich natürlich daran... und wirklich vorbei ist der Rock'n'roll sowieso nie, das sage ich dir... hör dir irgendwelche Charts an, und ich garantiere dir, du findest ihn...

Erstaunlicherweise sind just zum Zeitpunkt dieses Interviews, und der Entstehung dieses kleinen Buches, 30 Jahre vergangen, als Elvis Presley in seinem Badezimmer zusammensank und starb. Zufall? Bestimmung? Signale aus dem Nirwana? Aus Graceland gar?? Sollte sich Elvis' Geist zum 30sten Geburtstag etwa aufgerafft haben, und mir die Finger beim Schreiben führen?? Ist er überhaupt noch „geisternd" anwesend, oder hat er längst angesichts der niemals enden wollenden, schlappen Hip-Hop- und Rap-Arien-Dudelei ermattet und desillusioniert aufgegeben?

Elvis' Abgang war ja damals quasi der letzte Aufruf an die neuen Kräfte, seine Thronfolge anzutreten, und viele haben sich in der Folgezeit versucht, aber alle sind sie daran gescheitert. Der King-of-Rock'n'roll war endgültig tot, und kein Neuer stand bereit... na schön, sagte man, dann leben halt die Könige.

In der freien Wirtschaft nennt man so etwas vermutlich Diversifikation. In der Rockmusik passierte Ähnliches gezwungenermaßen, denn der Thron musste geteilt werden, und es gab nicht wenige, die dieses Amt für sich postulierten. Aber King wird man nicht durch schlaue Sprüche, ein King wird geboren und gekrönt.

Ich habe Elvis nie sehr gemocht, und früher so gut wie nie aufgelegt, aber wenn ich heute die alten Aufnahmen höre, dieses *Hound Dog* zum Beispiel... 1956... 57... *All shook up... Don't be cruel...* und den sagenhaften *Jailhouse Rock...* jaja, heute sehe ich IHN mit anderen Augen. Das haut einen von den Socken, diese Kraft in der Stimme, diese Dichte in der Atmosphäre. Und wenn man dann noch sieht, wie er über die Bühne flippte, jede Faser seines Körpers gespannt, seine legendären Hüftbewegungen, lasziv, provokativ, nicht nur die Mädels gerieten in Ekstase, sondern auch die öffentlichen Fernsehanstalten, und vor allem die erzkonservativen Wächter über das amerikanische Kulturgut. Es WAR eine Revolution, und Elvis war Danton und Robespierre zugleich.

In den 60ern, spätestens mit Bob Dylan und den Beatles, begann bereits eine neue Phase in der Rockmusik. Angesichts der dramatisch zunehmenden Führungsschwäche des Königs wurden konsequent viele neue Grafschaften aufgemacht, und Rock'n'roll irgendwann in seine partiellen Bestandteile zerbröselt, und damit gesellschaftlich anerkannt, eingepasst sozusagen, und vom Brot-und-Spiele-Volk schließlich dankend einverleibt. Sie leckten sich die Lippen, es mundete noch etwas nach Verruchtem, aber das Revolutionäre verblich zunehmend. Die unweigerliche Dekadenz begann, es wurde imitiert und kopiert, zerfleischt, zerstückelt und zerrissen, und schließlich hemmungslos vermarktet, vertilgt und verdaut, was irgendwie nach Rockmusik aussah, klang oder roch.

Damit blieb das auf der Strecke, was den Ursprung dieser Musik ausmachte. Das Wilde, Unverbrauchte, Originale, Freie und Unabhängige des frühen Rock'n'roll, und so entstand der Mythos seiner Helden. Eine vergleichbare Popularität, eine solch ungeheure, überschäumende Euphorie rund um die Götter des Rock, bekamen höchstens noch die Beatles am eigenen Leib zu spüren, danach wurde es ruhiger im Olymp.

Nicht, dass nicht weiter gute Scheiben produziert worden wären, ganz im Gegenteil. Die 70er waren für mich die produktivsten und kreativsten Jahre der Rockmusik. Eine Unmenge an guten Bands und Songs entstand, und die Möglichkeiten, sich als Newcomer zu verdingen, waren ja so dermaßen gut, dass es viel Müll, aber eben auch zahlreiche Top-Musiker an die mediale Teichoberfläche spülte. Nur: wo vorher viel fetter Weizen stand, trennte man nun nicht mal mehr die Spreu davon. Und am Ende schmeckte das Brot leer und fad, wie jede Massenproduktion den Gaumen nicht mehr kitzelt, sondern höchstens Brechreiz erzeugt, oder allenfalls noch einigermaßen erträgliche Sättigung.

Vor 30 Jahren also... als ob die 30 eine besondere Wendemarke im Leben wäre. Mit 30, hörte ich einmal, ist die Jugend endgültig vorbei, und der Mensch ist erwachsen und gereift. Na gut, bei dem einen kommt es früher, bei dem anderen später. Ich erinnere mich jedenfalls an einen Bekannten, der angesichts seines nahenden 30sten Geburtstags regelrecht in Panik geriet.

„Mit 30 ist die Jugend vorbei", sagte er zu mir.

Ich war da schon etwas über die Schallmauer, und konnte sein Gefühl nicht unbedingt nachvollziehen, da sich bei mir an diesem vermeintlichen Wendepunkt nichts wirklich Aufregendes ereignet hatte, aber sein Satz ließ mich nicht los, und ich habe einige Male über den tieferen Sinn dieser doch arg besorgt klingenden Einschätzung nachgedacht. Es erscheint irgendwie depressiv, und in gewisser Weise ist es ja auch ein Abschied. Ein Abschied von glatter Haut, langem Haar, intensiver erster Liebeserlebnisse und... ja okay, sagen wir: der jugendlichen Unbeschwertheit.

Der Typ lebt übrigens immer noch, also keine Sorge, das Leben geht mit 30 doch noch weiter, und, liebe Leute, was soll denn sein, wenn erstmal die 60 naht...

Trotzdem, ich gebe ihm heute ein Stück weit Recht. Die beste Zeit ist tatsächlich irgendwie vorbei, die Zeit des Probierens, die ungestüme, starke Zeit, wo man bedenkenlos Unsinn macht, wo man seine Lehrer partout nicht als Respektspersonen behandeln will, und wo man noch auf die Straße geht und demonstriert, ohne zu wissen, wofür eigentlich. Unwiederbringlich vorbei.

CC: Ihr kennt euch jetzt mehr als 30 Jahre... wie habt ihr euch getroffen? Wann wusstet ihr, dass es passt, dass es mit euch weiter geht?

SJV: ... von Anfang an, Junge... wir sind füreinander bestimmt... (legt seufzend den Arm um Mathieu)...

MM: ... er übertreibt wieder... wir lernten uns kennen, als wir bei ‚Troublemaker' anheuerten... eine damals neue Band in unserer Heimatstadt, die noch einen Gitarristen und Sänger suchte... und weil sie sich nicht entscheiden konnten, nahmen sie uns gleich beide... (grinselt...)... wir spielten so politisches Zeugs, wie es damals angesagt war... Studentenzeit... unter den Talaren, der Muff von 1000 Jahren, und so... Rio-Reiser-Songs, Ton-Steine-Scherben... Wolf Biermann... systemkritisches Geplänkel... wir waren blutjung, und wussten nicht wirklich, was wir da von der Bühne sangen, aber es klang irgendwie fortschrittlich, und bei den Fans kam's an...

SJV: ... yeah... es gab damals an jeder Ecke die Möglichkeit, aufzutreten, jede Kneipe angelte sich die Leute mit Live-Musik, und selbst die Kulturämter in den Städten hatten noch prallvolle Taschen... und dort saßen nicht selten linke oder halblinke Typen, die ihre politische Denke gern mit Festivals und Konzerten dokumentierten... die Menge war gewogen und dankbar, und bejubelte die gesellschafts-kritischen Parolen, die da von den Bühnen perlten...

MM: ... ja, Festivals gab's ohne Ende... man spielte meist für bares Geld, und Girls gab's da auch immer umsonst... sozusagen als Zugabe... (zwinkert)

SJV: ... du meinst, wie die Sache in Hermeskeil... das Mädel hatte aber auch ein paar Dinger unterm Pullover...

MM: ... und himmelte dich an...

SJV: ... und irgendwann schlug ich erbarmungslos zu... (lacht)

MM: ... ich weiß nur, dass ihr beiden draußen wart, aber auch relativ schnell wieder drinnen...

SJV: ... es lief halt nicht... wir waren bestimmt zu grün für 'nen Quickie im Freien... und ich war schockiert über die Größe ihrer Zwillinge... und ihr Gewicht... (grinst breit)... und sonst hatte sie einfach nicht genug zu bieten... du weißt, ich bin sehr wählerisch... *hehehe...

MM: ... ganz im Gegensatz zu unserem Boss...

SJV: (aufhorchend)... oh ja... unser Band-Boss war schon 'ne Ecke älter, und jobbte tagsüber bei der Stadt... im Kulturamt sogar, glaube ich... wie praktisch... wir kamen über ihn an jede Menge Gigs ran, mit einem Fingerschnippen sozusagen... er kannte Hinz und Kunz... und überall wurde er schon von irgendeiner Kulturbeflissenen erwartet, die er dann kurzerhand flach legte...

MM: (kichert wieder)... jaja, wir wunderten uns nur, wo er wieder mal war... und einmal erwischten wir ihn im Nachbarraum auf einem Billardtisch... mit der Frau vom Veranstalter vermutlich...

SJV: *hihii... die Lampen über dem Tisch schwankten hin und her, und die beiden gaben ein hübsches Bild ab... auf dem Pool-Billard... ich fasse es nicht... eingelocht... *hahaaa...

MM: War ne gute Zeit... irgendwie einfacher, so alles in allem... wir tourten von Flensburg bis Freiburg, sogar in der Schweiz spielten wir auf Festivals... in Bern gab es damals so ein Riesen-Dings, das berühmte Gurten-Folkfestival... da wackelte die ganze Wiese tagelang...

SJV: Sagenhaft... und überall gab's Money für den Mist, den wir verzapften... ich hatte eine Schreibtisch-Schublade zu Hause, wo immer die Gagen rein kamen... all die Hunnis und Fuffis, die man bekam... sie war bis oben hin voll... man wohnte meist in heruntergekommenen Häusern für schmales Geld, oder in einer WG... und... oh Mann, es gab immer was zu lachen...

MM: (lehnt sich zurück)... ich hatte einen alten VW-Bus, da passte alles rein, vier-fünf Mann und die Anlage...

SJV: ... jip, und unterwegs sangen wir lauthals Songs, und kloppten Karten... der Ascher von deinem alten Bus war unsere Ablage... und an den Tanken spielten wir Frisbee und so...

MM: (beugt sich wieder vor)... weißt du noch? Die Story mit der Milchtüte? Was haben wir gelacht...

SJV: (grinst breit)... jau... wir tourten damals mit einem Typen rum, dessen Eltern aus Polen waren, und eine Zeitung machte ihn sofort zu unserem polnischen Sänger. *hohoo... vielleicht, weil er so aussah, wie der Bruder von Stephen Stills... na egal, in Wirklichkeit war er dafür vorgesehen, die Regler am Mischpult im Auge zu behalten, damit es während des Konzerts keine Rückkopplungen gibt... und sozialistisch verklärt, wie wir damals waren, sahen wir ihn natürlich nicht als Roadie-Sklaven, sondern als vollwertiges Mitglied der Band an... wie auch immer... Ricardo hatte die Pechkiste gepachtet... der Sound war immer unter aller Sau, wohl gerade deshalb, WEIL er seine unkundigen Wurstfinger über dem Mischpult ausbreitete... natürlich piepte und quiekte es in einer Tour... aber ER geriet deswegen NIE in Stress... der

Junge hatte die Ruhe weg, während wir da oben total von der Rolle waren...

MM: (knibbelt an den Fingernägeln...)... und wenn irgendetwas passierte... ein Glas umkippte, 'ne Gitarre umfiel... oder sonst was... du konntest sicher sein: Phlegma-Ricardo war dabei...

SJV: ... *hihiii... unser Bandboss hatte einen Spleen mit Autos... fuhr damals schon immer Citroen DX... DS... oder wie die hießen... diese langen Flundern, und er hatte sich gerade so ein nagelneues, futuristisches Gerät zugelegt... spacey sozusagen... mit Hydraulik überall... und statt Blinkerhebel gab es so Wippschalter auf dem Armaturenbrett... 'ne heiße Karre... und wie gesagt: nigelnagelneu...

MM: ... wir hatten ein Konzert in was-weiß-ich-wo, und brauchten die Anlage nicht mitzunehmen... alles bestens organisiert vor Ort... also: wir alle rein in diesen Schlitten, und alles ging gut, bis wir an einer Tanke hielten und Päuschen machten...

SJV: (rollt sich ab...)... Mann, hör auf... ich mach mich nass... *hohohoo... damals gab es Milch in so dünnen Schläuchen... so Tüten... naja, egal... der Typ kaufte sich so ein Ding, und stieg wieder ein... plötzlich sprang er wie von der Tarantel gestochen aus dem Auto, und unser Boss fragte nur so beiläufig nach hinten... is' was?... *hihiiiii...

MM: Ricardo war mit beiden Händen wie wild am schöpfen, und rief nur: „es is' nix... es is' nix... "... aber der Liter Milch zog bereits unaufhaltsam in die Stoffsitze ein... boaahh...

SJV: ... *hahaaaa... der Typ hatte die Milchtüte in seine Manteltasche gesteckt und sich draufgesetzt... das war das Ende von den Sitzen... das kriegst du nicht mehr raus... (schüttelt sich vor Lachen...)

MM: Au Mann... und kurz darauf war es auch ganz unsozialistisch SEIN Ende...

SJV: Yes... und auf einmal hatten wir auch einen besseren Sound... (... wischt sich die Tränen aus den Augenwinkeln)

Die beiden saßen feixend auf dem Sofa und bogen sich vor nachträglicher Schadenfreude. Crisby ließ ihnen Zeit zur Erholung, und nach einer Weile und etlichen Nachlachern kamen sie wieder in die Gegenwart.

CC: Was war das für Musik, die ihr damals gemacht habt? Wer waren eure Idole?

MM: (überlegt)... hm... Idole... ja, na klar... Folk-Rock, im weitesten Sinne... die Eagles, zum Beispiel... die haben ja genau wie wir damals Folk und Rock verknüpft... ja, das waren schon Vorbilder, schon allein wegen des tollen Satzgesanges, den die drauf hatten... aber auch Don Felder und Joe Walsh an den Gitarren... oder die Stimme von Don Henley... wooowww... noch heute ein Genuss... *Deeeesperaadoooo...*

SJV: ... es gab tolle Idole damals... man hatte ja noch nicht die Informations-Möglichkeiten von heute... das Internet... das allgegenwärtige TV... dadurch entstand eine gewisse heilige Aura um die Vorbilder... etwas Unerreichbares...

MM: ... wir himmelten sie an... 'ne zeitlang schien es nichts anderes zu geben, als einmal so zu singen, so zu spielen, wie sie...

SJV: ... und wir kamen ihnen immer näher... (lächelt)

MM: ... ja... wir lutschten sie aus... irgendwann merkten wir: die kochen auch nur mit Wasser...

SJV: Jep... sie dienten uns quasi als Basis, als Sprungbrett... wir wollten dann mehr daraus machen... die eigene, persönliche Note voranbringen...

MM: ... und die Rockmusik entwickelte sich weiter... es gab irre gute Bands, die so ganz anders klangen, als die Folkies...

SJV: (nickt...)... oh ja. ... der bräsige Folk war auf einmal gegessen... und Country war was für die Amis... es gab bei ‚Troublemaker' dann irgendwann Streit, in welche Richtung es gehen sollte... Matt und ich wollten was Moderneres haben, noch rockiger und so... nur wenige wollten damals noch den bewährten Folk weiterspielen, oder meinten, es käme hauptsächlich auf die Wirkung der Texte, oder auf die Aussage an...

CC: Aber eure Wurzeln liegen eindeutig dort, beim Folk, oder beim Folk-Rock...

MM: Wenn du so willst... ja... unbedingt... jeder spielte so was... es gab ja kaum was anderes... und für Hard-Rock oder so fehlte es an Equipment und überhaupt... ein Trommler hatte zumindest betuchte Eltern, denn ein Drum-Kit kostete 'ne Menge Geld... und für eine gute, große Gesangsanlage fehlte es den meisten ebenfalls... außerdem wäre der Bus schnell zu klein geworden, und so weiter, und so weiter...

SJV: ... also wurde Akustik-Gitarre gespielt, und die Vorbilder kamen logischerweise aus der gleichen Ecke... da konnte man sich gut anlehnen... die Eagles eben... Poco... Jackson Browne... John Mayall... James Taylor... ach, wie sie alle heißen...

MM: Und selbst auf dem Woodstock-Festival spielten ja Arlo Guthrie, John Sebastian, Richie Havens, Joan Baez... Crosby, Stills & Nash... ein-zwei Gitarren, und los ging's...

SJV: Jou... die richtig harte Rockmusik war Lichtjahre entfernt für uns... wir hörten sie zwar, und bewunderten sie zum Teil, aber selbst machen??... keine Chance...

MM: ... und die wenigen Versuche damit verliefen im Sande... wenn ich mir allein nur vorstelle, wie die Mikros damals klangen... technisch hat sich ja soo unglaublich viel getan, und heute kannst du fast einen Studiosound in ein Stadion transportieren... für vergleichsweise kleines Geld...

SJV: Mannomann... aber es hat einfach Bock gemacht... wir versuchten auf unsere Weise dem silly-lovesong etwas Leben einzuhauchen, vom schlaffen Folk zum taffen Rock eben, und unser Lead-Gitarrist spielte schon 'ne ganz schöne Säge...

MM: Naja, wir waren ja beide fast noch Anfänger, und sind dafür ganz ordentlich übers Land getuckert... ich denke, im Nachhinein war es eine tolle und wichtige Zeit, mit vielen Eindrücken, und 'ner Menge Erfahrungen...

SJV: ... und wir verfeinerten unser Gitarrenspiel, quasi im Vorübergehen...

CC: Und dann?

MM: Es entstanden dann immer mehr Rockbands in der Gegend, die höllisch Alarm machten... es schwappte wieder aus England und Amerika 'rüber... New Wave... Neue Welle... die Gitarren durften plötzlich noch schräger klingen, noch kaputter, und je lauter, desto besser. Die Sänger schrieen, was das Zeug hielt, und die Stücke hatten nur drei Akkorde... fertig...

SJV: Wir brachten ja immer noch mehrstimmigen Satzgesang auf die Stage... das war auf einmal so was von OUT... über'n Teich krähte da kein Hahn mehr nach, außer 'nem alten Trucker-Knacker auf der Route 66...

MM: Und irgendwie war die heimelige Folk-Zeit dann auch in Deutschland vorbei... auch wenn es hier immer etwas länger dauert, bis sich ein neuer Trend durchsetzt...

SJV: Jepp... es lief einfach aus... es gab keine Krisensitzung, oder so etwas... wir spielten einfach nicht mehr... jeder hatte auch plötzlich genug mit seinem Kram zu tun, oder wollte mal arbeiten gehen, oder es kam eine Frau vorbei, und brachte die Fesseln gleich mit... es war ein schleichender Prozess... oh baby, what a word...

MM: Wir waren dann eine Weile getrennt, die Luft war raus... und weil wir neue Erfahrungen suchten, spielten wir mit der und mit dem, aber so richtig verloren wir uns nie aus den Augen...

CC: Begann dann doch so etwas wie eine Rock-Karriere für euch?

MM: Nicht direkt... Jack machte die Gitarre in einer Soulband, so ein richtig großer Apparillo, mit Bläsern im Background, und zwei Chorsängerinnen, die versuchten, sich an der Bühnenkante artgerecht zu bewegen... so was sah man damals höchstens im TV... und ich versuchte auch, etwas mehr auf die Rockschiene zu finden...

SJV: ... aber es gelang dir nicht... (lacht kurz...)

MM: R&B... Blues... Soul... ja, ok... das war nachvollziehbar, aber für diese New-Wave- und Punk-Geschichten fehlte uns beiden damals wohl das Verständnis... wir sind halt Softies, oder vielleicht waren wir dafür auch schon zu alt... wir hatten 'ne andere Struktur im Schädel... Lieder... Songs... und bei allem Bemühen: wir kriegten das neumodische Gehampel auch einfach nicht auf die Bühne... es war nicht authentisch... wir hätten uns verbiegen müssen, und das lag uns noch nie...

Im Hintergrund brachte die Bedienung endlich das Bier und die Snacks für Jack, und die sowieso schon relaxte Stimmung hellte sich noch mehr auf, als Mathieu weiter von seinen Erlebnissen erzählte.

Die beiden wirkten auf Crisby wie zwei große Jungs, trotz unübersehbarer Alterungserscheinungen. Ihre Gesichter waren entspannt und glatt, ständig blitzten ihre Augen vor verstecktem Witz, und auch wenn die zahlreichen verräucherten Clubs und Konzerthallen, und die vielen durchgemachten Nächte an ihren Wangen gezehrt haben mochten, strahlten sie doch eine große Juvenilität und Lebensfreude aus.

Jack war der Längere der Beiden. Ein groß gewachsener Mann, gute einsneunzig bestimmt, schlank, mit leichter Tendenz zum Wohlstandsbauch, was ihn stets ärgerte, und weshalb er immer wieder neue Versuche unternahm, dieser Erscheinung entgegen zu wirken. Seine dunklen Haare waren noch recht üppig auf seinem großen Schädel verteilt, und seine enormen Pranken immer in Bewegung. Entweder trommelten sie unablässig auf Tischen und Stühlen herum, oder, in deren Ermangelung, auch auf seinen Knien oder anderen Körperstellen.

Mathieu war um einiges kleiner, aber von ausgesprochen guter Gestalt. Seine sportliche Figur betonte er gern durch eng sitzende Hosen und Shirts, und seine dünner gewordene Lockenpracht hatte eine durchgehende Graufärbung angenommen, die ihm etwas stringent Seriöses verlieh. Er wirkte insgesamt ruhiger, gelassener als Jack, vermutlich eine Frage des Naturells. Crisby konnte spüren, wie viel Spaß die beiden schon in ihrem Musikerdasein gehabt haben mussten, und bis auf die Frauen hatten sie wohl so gut wie alles geteilt.

CC: Habt ihr euch eigentlich je gestritten?

MM: Du meinst, so richtig gefetzt? Kann mich nicht erinnern... wir sind beide harmlose Kerlchen... (lacht)

SJV: Jui... wir gehen gut mit uns um... es gab sicher mal Zeiten, wo wir uns etwas über hatten... wie in jeder Beziehung halt... aber wir konnten uns auch immer ganz gut aus dem Weg gehen, wenn wir es wollten, oder meinten, es wäre besser so für uns...

CC: Und was war mit Solo-Karrieren? Ihr habt sie ja schon angesprochen... die Solisten... es war und ist ja durchaus möglich...

MM: Das war nie unser Ding, oder? Großer?

SJV: (schüttelt den Kopf)... nee, never... wir brauchen das Feeling der Band auf der Bühne... wir befeuern uns gegenseitig... für mich jedenfalls unvorstellbar, so ganz allein on-stage...

Die Einzelkünstler sind ganz andere Menschen, als die „Ensemblisten". Sie genügen sich selbst, ihnen reicht es, allein mit sich und ihrer Kunst auf der Bühne zu stehen, und sie schaffen es durch diese Fokussierung, auch das Publikum auf den Punkt zu bringen. Vielleicht können Sie auch gar nicht mit Anderen zusammen sein, oder wollen es einfach nicht. Auf jeden Fall haben sie in der Regel grenzenlos stabiles Selbstvertrauen, und sind völlig anders gestrickt und konstruiert.

Für Matt und Jack schlichtweg unvorstellbar. Die beiden ergänzten sich auf eine ganz eigene Art und Weise. Mathieu war der Rhythmiker, der sich nur allzu gern in einen Groove verlor, und unaufhörlich mit der Präzision eines Uhrwerkes auf die Gitarre einhacken konnte. Stompin'-Jack hingegen war trotz seines Nicknamens eher der Melodiker, der Feingeist, der gern seine Gitarrensoli ausfeilte, bis ins letzte Detail, und nie zufrieden war. Er hatte schon in seiner frühen Jugend die Hendrix-Gitarren gedudelt, bis sie ihm und seinem näheren Umfeld schier aus den Ohren quollen. Er ergötzte sich an den unendlich vielen Riffs in der Rockgitarren-Welt und verliebte sich stets auf neue.

Romantiker waren sie beide, und sie lebten es aus, wann und wo immer sie konnten. Und das besondere Feeling, eine Band zu sein, brachte ihnen mehr, als nur musikalische Befriedigung. Das Flair war es, was sie faszinierte, die Dynamik einer Rockband, dieses ganz spezielle Lebensgefühl, und sie hüteten es wie einen wertvollen Schatz.

30

Ein Koffer

Crisbys erstes ‚richtiges' Gerät, nach der Anfangszeit mit der grauenhaften Wanderklampfe, war eine E-Gitarre von Ibanez, so ein rotbraunes Teil, welches trotz des spanisch klingenden Namens aus Japan kam, und es glitzerte neu und roch nach Lack. Er bekam sie, als er so fünfzehn oder sechzehn war, von seinen Eltern geschenkt, und aus vorherrschendem Geldmangel gab es natürlich keinen Verstärker, (so wurde es ihm jedenfalls verklickert... ich vermute, es hatte andere Gründe... nahe liegendere)... und so spielte er das Teil vornehmlich ohne, was nicht nur mütter-freundlich leise, sondern auf Dauer auch extrem abtörnend für ihn war. Ein Klinke-Klinke-Kabel zu besorgen wäre ja nicht das Problem gewesen, nur hatte das kleine SABA-Radio hinten keine passende Buchse, sondern lediglich einen fünfpoligen Diodenstecker-Eingang, wo man vielleicht einen Kassetten-Recorder andocken konnte, aber im Leben keine E-Gitarre.

Viel existentieller als die Lösung dieses Problems, war aber die Tatsache, dass er nun seinen ersten Gitarrenkoffer hatte, denn ohne Koffer war man ein Nichts, und die alte Wandergitarre hatte ja noch nicht mal eine Hülle aus Stoff. Die hätte er aber sowieso nicht benutzt. Hüllen waren tot, meistens kariert, und spießig bis ins Mark. Allein die Vorstellung, seine Gitarre in eine blau-gemusterte Stofftüte zu schieben, ließ ihn schaudern.

Der Koffer ist mir hier ein dankbar zu verwendendes Synonym für alles, was der Gitarrist braucht, um seine große Idee vom Musikerleben zu verwirklichen. In einen Koffer kommt all das rein, was man für eine lange Reise benötigt, nur dass es in diesem Fall keine Socken sind, oder die Zahnbürste, obwohl man diese auf Tournee sicherlich das eine oder andere Mal hätte gut gebrauchen können.

Ein Gitarrenkoffer ist ein Heiligtum, wie ein Reliquienschrein, und ähnlich einer Damen-Handtasche gibt es für den Inhalt ein gewisses Standard-Sortiment.

Unbedingt darin ist ein Lappen, scherzhaft auch ‚das sterile Tuch' genannt. Es besteht meist aus einem alten Hemd, und dient der Pflege des Instruments (die Snobs nehmen gemusterte Trockentücher, die Ästheten Feinripp-Unterhemden, und ich kenne einen, der hat ein Jägermeister-T-Shirt...). Nach einem durchschwitzten Konzert wird die Gitarre normalerweise ordentlich abgewienert, bevor sie wieder im samtigen Futter des Koffers verschwindet. Man putzt den Hals und den Korpus, und befreit vor allem die Stege oben und unten sowie die Saiten gründlich von den Spuren des Auftritts. Schweiß, rauchgeschwängerte Kneipenluft und Bierspritzer ließen sich ja beim Auftritt kaum vermeiden, und nicht selten landet Schlimmeres auf dem geliebten Spielzeug. Also ist Reinigung angesagt.

Unterlässt man aus diversen Gründen dieses unerlässliche Putzritual, und packt das Instrument ungepflegt in den Koffer, erlebt man am nächsten oder übernächsten Morgen eine furchtbare Überraschung. Im Vakuum des Futterals fanden diverse Gärprozesse statt, wie in einer feuchtdunklen Kellerei. Die Saiten sind verrostet, und nicht nur gegen das Licht gesehen sieht die anfänglich ja meist fein polierte Lackfläche einfach ekelerregend aus. Und der Geruch aus dem Gitarrenkoffer erinnert eher an eine nach dem letzten Training vergessene Sporttasche mit durchtranspirierten Trikots, als an das edle Reisebehältnis eines Rockstars.

Mathieu Mireille zum Beispiel ist ein drakonischer Putzwüterich. Inbrünstig feudelt er sein Instrument mit seinem peinlichst sauberen, klinisch desinfizierten Lappen, nimmt sich jede Saite einzeln und der Länge nach vor, fummelt dann zwischen ihnen auf dem Griffbrett rum, und zeigt dem Saitenhalter und den Stegen, was 'ne ordentliche Harke ist. Dann wendet er sich dem Korpus zu, dreht ihn von vorne nach hinten und schrubbt und wischt, dass es eine Art ist, und erzählt dabei mit leuchtenden Augen so manche Anekdote, ganz als ob es ihm Spaß macht, das Putzen, und ihn geistig beflügelt. Wie beim Jäger und seiner Flinte, schien es Crisby. Kritisch beäugt er dann sein Werk, und erst, wenn wirklich kein Stäubchen und kein Fleckchen mehr sichtbar ist, packt er die Gitarre in den Koffer, und deckt sie mit dem nun nicht mehr sterilen Tuch sorgfältig ab.

Leute, so geht man nur mit etwas um, was man LIEBT.

In jedem Gitarrenkoffer befindet sich außerdem ein kleines Fach, mit einem Kläppchen, das mit dem gleichen Bezugstoff wie das Innenfutter bezogen ist. Zumindest sollte jeder Koffer so etwas haben, denn da hinein gehört unbedingt ein Satz Ersatz-Saiten. Eine Saite reißt schnell, je nach Qualität, Beanspruchung und Alter, und nichts ist schlimmer, als sie mitten im Konzert austauschen zu müssen, und keine zu haben oder zu finden. Aus diesem Grund hat Mathieu, dem wie gesagt eine gewisse Pedanterie nicht abzusprechen ist, immer mehrere beschriftete Tütchen mit den entsprechenden neuen Saiten im Fach seines Koffers.

Ein Satz Saiten kostete schon zu meiner Lehrzeit eine Menge Geld, und deshalb versuchte man, so vorsichtig wie möglich damit umzugehen. Irgendwann kam das Gerücht auf, man könne die Saiten durch Auskochen wieder wie neu erscheinen lassen. Was für ein ausgemachter Bullshit. Eine alte Saite bleibt eine alte Saite, und ich stelle mir gerade vor, wie ich wie so ein Hexenmeister rührend über dem Herd stehe und die Saiten auf kleiner Flamme köcheln lasse. Spaghetti al dente, oder wie??

Es gibt dicke Saiten und dünne Saiten, Saiten aus Metall, Kunststoff oder Naturmaterial, meistens Gedärm... hört sich furchtbar an, aber soll so sein. Wir Gitarreros brauchen meist eh nur Metall- oder Kunststoffsaiten, wobei für die E-Gitarre ausschließlich Metall Verwendung findet. Die unterste, dünnste Saite ist haarfein, sowieso sind alle Stricke in der Regel unter einem Millimeter dick, und entsprechend empfindlich sind die Dinger. Obwohl ich sagen muss, dass mir in meinem Gitarristenleben sicherlich mehr D- und G-Saiten gerissen sind, also die mittlere Abteilung, als die beiden Dünneren ganz unten. Keine Ahnung, warum. Vielleicht schreibt mal jemand einen Aufsatz darüber.

Außerdem unabdingbares Accessoire und wichtiges Bestandteil des Kofferfachs ist eine Kurbel, um die Mechaniken schnell rauf oder runter drehen zu können. Dieses ist vor allem während eines Konzertes wichtig, denn will man seine Zuhörer und Mitmusiker etwa mit minutenlangem Saitenwechseln anöden?... doing-doing-doing... Moment noch... doing-doing... bin gleich soweit... doing-doing-doing... Obwohl: manche machen sich ja einen Sport daraus, diese Zwangspause mit den witzigsten Geschichtchen zu füllen, und nicht selten sind diese mitten im Programm eigentlich unliebsamen Überraschungen dann der Höhepunkt des Abends.

In der heutigen Zeit des allgemeinen Wohlstands hat aber jeder Gitarrero vor einem Konzert frische Saiten auf dem Gerät, und mindestens noch eine Ersatzgitarre bereitstehen. Und die Stars lassen sich nach einem Stück auf der Bühne sowieso eine frisch bespannte und gestimmte Gitarre anreichen.

Wichtiges Utensil im Gitarren-Koffer ist natürlich auch ein Kapodaster, kurz Kappo genannt. Der Kappo wird auf den Hals der Gitarre gespannt, und verkürzt auf diese Weise die schwingende Länge der Saiten. Der Grundton wird damit entsprechend höher, und man kann ihn so zum Beispiel der optimalen Tonlage des Sängers anpassen, ohne dauernd diese lästigen Barreegriffe (die mit dem langen Finger) händeln zu müssen. Oder der Keyboarder kann nur schwarze Tasten, und verlangt nach Beeeh oder Des-Moll... extrem ärgerliche Tonarten für Gitarristen... Kappo drauf, schon geht's los.

Oder man hat ein Stück in einer ähnlich krummen Tonart, und will diese wunderschöne Eigentümlichkeit der Saiteninstrumente, die ‚Flageolettes‘, einbringen. Beim Flageolette wird mit den Obertönen des Instruments gezaubert. Obertöne sind die Frequenzen, die ein Glas zum Klirren bringen, oder die Mauern Jerichos einstürzen lassen. Ein kurzer Exkurs: ein Ton besteht aus einer für das menschliche Gehör wahrnehmbaren Grundfrequenz, die einer Schwingungsperiode entspricht, und den Vielfachen dieser Frequenz, den so genannten Obertönen, die in erster Linie für gewisse Klangfarbe sorgen, und ab einem bestimmten Wert für die menschlichen Lauscher nicht mehr hörbar sind. Bei einem Saiteninstrument, wie es die Gitarre ja nun mal ist, kann man diese Obertöne locken, indem man die Saite mit der Griffhand nur leicht berührt, und nicht auf den Bundsteg niederdrückt. Ein traumhafter Effekt, doch richtig gut klingt er nur im fünften, siebten und zwölften Bund, also bei der Quarte, Quinte und Oktave. Ohne Kappo ist es in As-Moll damit verdammt schwierig, wenn auch nicht unmöglich. Aber ich komme ins musiktheoretische Schwafeln.

Wir waren noch beim Inhalt eines Gitarrenkoffers, denn Plättchen oder Plektren, diese kleinen Plastikteile zum Anspielen der Saiten, wenn man nicht mit den Fingern spielen will oder kann, dürfen natürlich auch nicht fehlen. Meist lungern sie in einer alten Zigarrenschachtel rum, oder einem abgegriffenen Tütchen, und warten auf den Moment ihres Einsatzes. Und der kommt unweigerlich, denn die Viecher sind immer irgendwie weg. Manchmal fallen sie einem auch in einem ekstatischen Moment auf der Bühne aus der Hand, und dann sollte man schnell reagieren können und sein Ersatz-Plättchen bereit haben, denn die Meute da unten feixt schon.

Grenzwertiger Luxus im Koffer hingegen ist eine Knipse für die oben überstehenden Saitenreste, und das geht nun echt stark in Richtung Spießerei. Manche rollen die Saitenenden deshalb lieber wie kleine Löckchen zusammen, was aber erstens auch nicht besser aussieht, und zweitens eher an liebenswerte Schrullen oder schlimmere Abartigkeiten des Gitarreros denken lässt. Ich würde dann doch wohl die Knipszange vorziehen.

Die Fortschrittlichen unter uns tragen ein elektronisches Stimmgerät bei sich, während die Traditionalisten meistens eine Stimmpfeife oder eine Mundharmonika im Angebot haben. Bandmäßig wird sowieso miteinander gestimmt. Hat man einen Keyboarder in der Kapelle, ist sein Ton das Wort zum Sonntag (lustig... gerade im Zusammenhang mit ‚Kapelle'...), ansonsten müssen die Saitenartisten halt irgendwie allein klar kommen.

Und Halt: die Nagelfeile... siehe Absatz Frauen. Nichts ist kontraproduktiver, als schangelige Fingernägel. Auch hier ist Mathieu Mireille ein Musterexemplar an Ausstattungsprofi. An den Fingernägeln und der Oberflächenbeschaffenheit seiner Gitarre liegt es jedenfalls nicht, wenn er wieder mal daneben gegriffen hat.

Dann haben wir da vielleicht noch ein Bottleneck für den Spezialisten, ein Röhrchen aus Metall oder Glas, (woher wohl auch der Name kommt), das auf einen Finger der Griffhand, meist den Kleinen, geschoben wird. Mit dem Bottleneck kann man Glissandi (fachchinesisch ‚Slides') bewerkstelligen, also ein Gleiten über den Hals, über die Saite, womit die Tonhöhe dann durch den Berührungspunkt des Röhrchens, und nicht durch das jeweilige Bündchen bestimmt wird. Herrliche Effekte ergibt das. Duane Allman von den Allman Brothers legte auf dem Livealbum *At Fillmore East* eine nahezu vollständige Enzyklopädie der Slidegitarren-Licks an. Es hat, vornehmlich in der Country-Musik, wahre Meister dieser Spielart, und eigens dafür entwickelte Instrumente, wie das Pedal-Steel, was dann diesen wimmernden, glitschigen, eben typischen Country-Background-Sound erzeugt.

Außerdem, last not least, fliegen immer eine Handvoll Papier und alte Bleistiftstummel im Koffer rum, mit Texten, Ideen, Veranstalter-Infos, Autogrammkarten... (ups?...)... Plakaten, Fotos, Songs und Noten. Allerlei Zeugs halt, was der Gitarrist von Welt so hat und braucht, von so unappetitlichen Dingen wie Kondomen, String-Tangas, und kleinen staniolpapierummantelten Krümeln oder Tütchen diversen Inhalts wollen wir hier ja jetzt nicht reden.

Die äußere Form des Koffers hingegen ist nicht unbedingt ausschlaggebend, aber er sollte schon möglichst fetzig aussehen, und vor allem nicht NEU! Der Koffer ist ein Statussymbol, und im Gegensatz zu einem Auto sind Gebrauchsspuren am Gitarrenkoffer unbedingt erwünscht. Früher musste man ihn deshalb noch mit jeder Menge Aufklebern verzieren. Wie Trophäen trug man sie mit sich rum. Das ist zwar vermutlich der gleiche Antrieb, der den Campingmobil-Fahrer veranlasst, die Sticker von all den besuchten National- und Freizeitparks auf seinem picobello gepflegten Lack anzuordnen, vorzugsweise am Heck, obwohl ja nie wirklich einer HINTER denen herfährt, geschweige denn das alles liest, aber egal, was sein muss, muss sein. Der Koffer muss reich beklebt aussehen, und jeder Kratzer und jede liebevoll konservierte Beule, ist die Geschichte eines Auftritts und eine dazugehörige Anekdote. Je gebrauchter, je beklebter, desto mehr war man rumgekommen, und wurde von seinesgleichen anerkannt. Hach ja, Musiker sind manchmal wie Kinder.

Im Übrigen ist ein Koffer ein Koffer, also ein Funktionsteil, und er sollte natürlich den Umrissen und Abmessungen des darin befindlichen Transportguts entsprechen, also sich möglichst passgenau an den Gitarrenkörper schmiegen. Auf einem Rockkonzert, und auch schon auf dem Weg dorthin, geht es nicht unbedingt gesittet zu, die Roadies verrichten harte Arbeit (es sei denn, man tut es selbst), und nehmen kaum Rücksicht auf etwaige Empfindlichkeiten des Künstlers, gerade wenn es mal wieder schnell gehen soll. Mithin trifft der Bus unterwegs auch mal auf Schlaglöcher und enge Kurven, und das lose Bier vor, während und nach dem Auftritt tut ein Übriges.

Bevor ich's vergesse und den Sack bzw. Koffer zu mache: das wichtigste Utensil in einem Gitarrenkoffer ist zuerst mal die Gitarre selbst. Grundsätzlich unterscheidet sich eine E- oder Elektro-Gitarre (oder auch Strom-Gitarre) von der akustischen dadurch, dass sie keinen nennenswerten Klangkörper hat, sondern die Schwingungen der Saiten, den Ton, in ein elektrisches Signal umwandelt, der dadurch veränderbar wird. Bei den ersten Prototypen wollte man die Gitarre vor allem lauter klingen lassen, damit sie sich gegen die anderen Instrumente (Schlagzeug, Bläser, Klavier etc.), durchsetzte. Ein angenehmer Nebeneffekt war aber nun, dass man den Ton auch verfremden konnte, und es entstand eine völlig neue Spur in der Modellpolitik. Aus den frühen, so genannten halb-akustischen Gitarren entwickelte sich schnell die Solid-Body-Bauweise, und damit war der Phantasie der Gitarrenbauer FAST keine Grenze mehr gesetzt. Die elektro-magnetischen Tonabnehmer, schlicht ‚pick-ups‘ genannt, ersetzten Resonanzkörper und Schallloch, und mit dem rasanten Fortschritt der Rockmusik entstanden berühmt-berüchtigte Instrumente.

Eine davon ist die ‚Stratocaster‘ von Fender, eine Andere die ‚SG‘ von Gibson. Oder die ‚Les Paul‘, oder die ‚Telecaster‘. Alle mit unterschiedlichen Bauweisen, Materialien und Tonabnehmern ausgestattet, und deshalb unverwechselbar in ihren Sounds. Manche E-Gitarren haben auch diesen ‚Jammerhaken‘

oder ‚whammy-bar‘ genannten Griff am Korpussteg, mit dem man diese typischen Tremolos erzeugen kann... bestimmt schon mal gehört... klingt nach Hawaii... zum Beispiel die Songs der Shadows (The!) in den 50ern.

Strat-Spieler sind andere Menschen als Gibson-Lover, Brett-Gitarren-Hacker wiederum sind anders gepolt als die semi-akustische Partei. Je nach Musikstil, je nach Anforderung an das Klangbild, schält sich bei jedem Gitarrero ein Lieblingsaggregat heraus, und die Professionals setzen bei Ihrer Studioarbeit ganz gezielt die Vorzüge der verschiedenen Gitarrenmodelle ein.

Crisbys Ibanez jedenfalls war ein SG-Verschnitt, und sein erster Koffer ein einfacher, schwarzer E-Gitarrenkoffer. Und glücklich war er nun, sein Equipment nahm sukzessiv Züge an. Was ihm jetzt noch fehlte, war ein Amp, ein Verstärker, damit die E-Gitarre auch endlich ans Brutzeln kam.

Die damals bekanntesten Verstärker-Marken waren Marshall, Fender, Ampeg, Vox und Orange, wobei der Vox noch so ein bisschen nach 50er-Jahre aussah, und roch, und der Fender klanglich halt am besten zu Fender-Gitarren passte. Die berühmten Single-Coil-Licks von Mark Knopfler (etwa *Sultans of Swing*) lassen sich nur mit einer echten Fender-Strat erzielen, und authentisch klingt das dann über einen eingefahrenen, also betagten Fender-Amp mit diesem unvergleichlichen Halleffekt.

Der Marshall, dieses wuchtige Röhren-Aggregat, war einfach unerschwinglich, der Orange damals nur in England zu bekommen, und so kaufte sich Crisby vom Ersparten einen Musicman. Ich vermute auch hier Asia-Transistor-Technik, made in Japan, also nicht gerade das Teil, was die Augen zum Leuchten bringt, aber es erfüllte seinen Zweck, und das gar nicht schlecht, und begleitete ihn tatsächlich noch einige Jahre treu und zuverlässig.

Bevor es die heute üblichen, digitalen Multi-Effektgeräte

gab, musste man sich noch für jeden gewünschten Sound ein entsprechendes kleines Fußgerätchen kaufen, was man dann auf der Bühne zum Zeitpunkt des Effekts mittels Tritt zuklicken konnte. Hier begann dann schnell eine Materialschlacht. Diejenigen, die was auf sich hielten, bauten sich aus Holz eine Station mit fest positionierten Gerätchen, die anderen hatten die Würfel wie Legosteine lose auf den Bühnenbrettern rumfliegen, was natürlich mit der gesamten Kabelage irgendwann zu massiven Verschlingungen, und nicht selten zu Stolperern oder Hängenbleiben am Kabel, also unelegantem und verfrühtem Ausstöpseln der Gitarre führte. Heute gibt es zum Glück kabellose Sender- und Empfängerteile auf Funkbasis, und All-in-One-Effekte, wie sich überhaupt das ganze technische Drumherum unheimlich entwickelt hat.

Man unterscheidet bei den Effekten zwischen pegel- und zeitorientierten, sowie verzerrenden und spektral modifizierenden Geräten. Sorry, wenn ich mal kurz darüber fachsimple, aber der Sound einer E-Gitarre ist nun mal sehr stark abhängig von der verwendeten Technik. Die wichtigsten Effekte beim Rocken sind Verzerrer und Quirle. Der Verzerrer, auch Distortion oder Bratfett genannt, sorgt für diesen in der Rockmusik unerlässlichen, eben verzerrten Ton, der sowohl bei der Rhythmus-Gitarre, als auch beim Solo-Spielen, also der Lead-Gitarre eingesetzt wird. Hören Sie sich mal die AC-DC-, Brian-Adams- oder Status-Quo-Sachen an, nur als Beispiel. Brat-bratfett-fett...

Das natürliche Feedback, die Rückkopplungsgeräusche einer überdrehten E-Gitarre vor einer Lautsprecherbox, sind nicht wirklich verzerrte Töne, aber zusammen mit ihnen ergeben sie eine vortreffliche Power. Jimi Hendrix war ein Meister darin, diese Feedbacks zu pushen, und die Gitarre, bzw. den Verstärker und die Boxen, geschmeidig zum Übersteuern zu bringen. Der Mann konnte die nicht gegriffenen, frei schwingenden Saiten über gezielte Rückkopplung zu einem Akkord zusammenführen, und zur gleichen Zeit ein Solo darüber legen. Leider hatte er nur wenig Gelegenheit, seine überragende Technik weiter auszubauen, denn er starb schon 1970 mit gerade mal 28 Jahren. Da wäre noch einiges zu erwarten gewesen, aber Jimi spielt jetzt bestimmt im Rocker-Himmel mit den anderen Kollegen weiter, so sensationell wie eh und je, und noch besser.

Bei den Quirlen unterscheidet man Phaser, Flanger und Chorus-Effekte. Ein Flanger verteilt das Eingangssignal (Input) in zwei Signalzweige. Der eine Zweig erreicht unverändert eine Mischebene, der andere verzögert, zeitlich in wenigen Millisekunden variierend, wodurch beim Ausgangssignal (Output) kleine Schwankungen in der Tonhöhe, so genannte Modulationen, entstehen. Durch die Überlagerungen mit dem Originalton entsteht der Eindruck, der Ton wandert hin und her. Der Unterschied zum Phaser besteht in der Rückkopplung des zeitverzögerten Signals zum Input. Der Phaser ist lediglich die Anfertigung einer verschobenen Kopie des Originaltons, etwa wie bei zwei Tonbandgeräten, die etwas unsynchron abgespielt werden. Mal ganz einfach und unfachmännisch ausgedrückt, aber auch hier wandert der Ton... bssssjjuuuuussssssjjjiiuuuu... eine akustische Ohrentäuschung also, wenn man so will.

Und auch der Chorus ist eine Abwandlung dieser Effekttechnik der zeitversetzten Signale. Ein wundervoller Effekt, immer wieder gern eingesetzt, und in zahlreichen kleinen Verstärkern mittlerweile bereits werksmäßig integriert. Und letztlich ist sogar der einfache Hall (Reverb) oder das Echo (Delay) nichts anderes, als eine zeitliche Verschiebung des Eingangssignals. Jeder Effekt kommt aber ganz anders draußen an. Der eine lässt einen Raum entstehen, der andere eben den Eindruck, der Ton wird durch den Quirl geschoben. Krups-3-Mix für Arme, entschuldigt, liebe Tontechniker.

Und soll ich jetzt noch viel über Booster, Limiter, Kompressoren, Mehr-Band-Equalizer, Frequenzweichen, Overdrives,

Mouth-Tubes, et cetera erzählen? Oder Tremolo-Effekte, oder Wahwah? Wie bitte? Sie kennen kein Wahwah?? Na, dann hören Sie sich doch mal den Anfang von *Voodoo Child* von Jimi Hendrix an... das ist ein Wahwah, ein Fußpedal, das während des Gitarre-Spielens rhythmisch getreten wird, und wodurch der Ton quasi aus dem Lautsprecher gequetscht wird... wwoooaaaahhhwhhhooooaaaahhhh...

Eine Materialschlacht eben, die vornehmlich dem ortsansässigen Schmarotzer, also Musikalien-Händler, zu Gute kam. Denn am Ende klingt die einfache, unverfälschte Gitarre immer noch am Schönsten, sofern sie good-in-tune, und keine verstaubte Wanderklampfe ist. Ich sage nur: die Solo-Werke von Paco de Lucia, oder *One quiet night* von Pat Metheny... himmlisch.

Wir sind zurück bei unseren Helden, die schon so manchen Gitarrenkoffer gefüllt und beklebt hatten, und sich nun grinsend an die vielen kleinen feinen Geschichtchen erinnerten, die das Musikerleben schreibt. Crisby genoss die freizügige Atmosphäre und die entspannte Stimmung sehr. Er wusste als Gitarrist genau, welche Fragen er stellen konnte, um die beiden bei Laune zu halten. Gitarristen unter sich kreisen eben immer um den gleichen Stern, aber das ist bei Seglern oder Atomphysikern vermutlich auch nicht anders.

CC: Ihr seid beide Gitarreros... wie habt ihr es gelernt? Woran erinnert ihr euch?

SJV: (nimmt einen Schluck Bier)... au Mann, das ist lange her... ich weiß noch, dass ich früher mit der Gitarre vor den Boxen gesessen habe und die Licks von Jimmy Page und Eric Clapton mitspielte... immer wieder... immer wieder... Nadel drei Rillen zurück... schnell wieder ans Gerät... (lacht)

CC: ... Autodidakt mehr oder weniger?

SJV: Ja, weitgehend... es gab ganz am Anfang einen Kumpel in der Straße, wo meine Eltern wohnten, der mir einige Sachen zeigte, und mit dem ich später auch das erste Mal auf einer Bühne stand...

MM: Bei mir in der Familie wurde Musik groß geschrieben... wir mussten alle Klavier lernen... meine Schwestern, mein Bruder und ich... zur Gitarre wechselte ich erst später...

SJV: Klavier hab ich nie gelernt... bis ich 14 war, war Musik-Machen ein Fremdwort für mich.

CC: Was war der Auslöser, dass du dann doch damit angefangen hast?

SJV: Well... ich denke mal, die Sachen, die wir damals hörten... man hing in irgendeiner Kneipe oder auf der Straße rum, und jemand spielte die aktuellen Pop- und Rockklamotten auf seinem Kassetti. ... Jimi Hendrix... Cream... Grand-Funk-Railroad... ich war damals oft in einem Schuppen namens ‚Scheune‘, der Wirt war total vom anderen Ufer, in jeglicher Hinsicht... völlig abgedreht, der Dicke... und ein Spaßmacher ohnegleichen, und plötzlich stieg da einer auf die kleine Bühne und spielte sich fortan die Finger wund... nur ein Mikro hing irgendwo von der Decke... der Kerl war so ein eingedeutschter Engländer... und spielte das Zeugs von Simon & Garfunkel und Bob Dylan und den Beatles... und er kannte sogar die Texte... fehlerfrei... (grinst)... wir klebten an seinen Lippen und waren hin und weg... ich glaube, das war das erste Mal, dass ich die Power eines Live-Acts wirklich hautnah empfunden habe...

MM: ... solche Pinten gab es damals zuhauf...

SJV: ... klar... in jedem Wohnviertel war mindestens eine...

MM: ... und man ging einfach hin, palaverte kurz mit dem Wirt, und los ging's...

SJV: ... ja... und es sprach sich schnell rum, wenn irgendwo was los war... der Wirt profitierte davon genauso wie wir...

CC: ... gutes Stichwort: sieht man die Chronologie eurer Konzerte, würde ich sagen: früher war mehr los...

MM: ... unbedingt... die Zeiten, wo man an jeder Ecke für ein paar Mark, oder Freibier und warme Suppe spielen konnte, sind lange vorbei... es fehlt an Kneipenkultur und an Mut zur Kleinkunst... das Volk ist satt und zieht sich lieber ab und zu einen 100-Euro-Abzock-Event rein, als einem unbekannten Sänger oder 'ner Newcomer-Band zuzuhören...

SJV: ... yeah... satt und bequem... Musik wird heute konsumiert, wie ein flüchtiges Fastfood... schnell downloaden, und verschlingen... früher haben wir die LP-Cover noch irgendwie wie Kunstwerke behandelt... das waren sie auch... fast ehrfürchtig hielten wir sie in der Hand, und haben beim Hören die Texte mitgelesen und die Bilder betrachtet...

MM: ... heute ist es irgendwie anonym... und lieblos... der Song gefällt: auf den Player damit... Stöpsel rein, und ab dafür...

SJV: ... und dazu kommt, dass weder die kommunalen noch die privaten Veranstalter genügend Kohle haben, um sich einen Flop zu leisten... sie machen eine knallharte Rechnung auf... soundso viele Leute müssen kommen, damit sich der Aufwand lohnt... das geht nur mit bekannten Bands...

Deckungsbeitragsrechnung, statt Investment...

MM: ... und Live-Musik hat heute einfach nicht mehr den Stellenwert, den sie mal hatte... Angebot und Nachfrage sind auf ein Minimum gesunken... es wird immer schwieriger, Auftrittsmöglichkeiten zu bekommen... es sei denn, du hast einen Hit, du machst Tanzmucke, oder 'ne Coverband...

SJV: (nickt)... die Meute verlangt nach Unterhaltung... Stimmung... kuck dir doch das Fernsehprogramm an... heute gibt es nur noch Game-Shows, diesen Reality-Mist, oder Soap-Operas... früher gab es drei Programme, und der ‚Rockpalast' war ein Mega-Ereignis...

MM: ... ohja... Rockpalast... die Rocknächte... absolute Pflichttermine, wie die erste Mondlandung, oder England-Deutschland 1966, und Ali gegen Frazier...

SJV: ... wir hingen vor unseren Schwarz-Weiß-TVs, die ganze Nacht, und lauschten andächtig... man konnte kaum was sehen, die Kameras waren unter aller Kanone... und der Sound gotterbärmlich...

1977, also heute vor etwa 30 (!) Jahren, lief die allererste lange Rocknacht in der Grugahalle, mit Rory Gallagher, Little Feat und Roger McGuinns Thunderbyrd, und wurde komplett live im TV übertragen. Ich glaube, abends um zehn ging's los, und es endete irgendwann im Morgengrauen, und das noch ganz ohne Werbepausen. Zwischen den Konzerten gab es elendig lange Warterei, bis die Bühne umgebaut und alles an Ort und Stelle war, und Alan Bangs, Peter Rüchel und Metzger (den nannten alle so... german television proudly presents...) überbrückten die Zeit mit quälenden Interviews, Schnipseln von anderen Konzerten, Standbildern aus der Halle oder grölenden Fans beim Gang zur Toilette. Es war bestimmt fünf Uhr morgens, als wir endlich genug hatten. Aber es brachte uns näher an unsere Stars, und wir konnten ihnen ausgiebig auf die Finger schauen. Was tut man nicht alles für seine Idole.

Nun gut, wir haben jetzt einen prall gefüllten Koffer, einen Amp, ein paar Effekte, doch was nützt das dollste Equipment, wenn man das Gerät da drinnen nicht beherrscht. Es schreit nach guter Behandlung, es ruft: nimm mich, spiel mich, sei gut zu mir, und ich überrasche dich zur Belohnung immer wieder aufs Neue. Erst dann imponiert so ein Koffer wirklich, wenn er hält, was er verspricht, wenn der Inhalt nicht nur gut aussieht, sondern auch gut klingt, und all die Effekte, Tricks und Eigenarten zum richtigen Zeitpunkt, an der richtigen Stelle, und mit Bedacht, Geschmack und feiner Ästhetik eingesetzt werden.

Der Koffer ist gepackt. Und was braucht es noch, außer all dem Gedöns, was in den letzten beiden Kapiteln zur Sprache kam? Talent natürlich, aber auch Passion... Leidenschaft... Willen, Geduld, Biss, Ehrgeiz, Begeisterung, Motivation, Herzblut, Rückgrat, ein starkes Gefühl bei der Sache, und einen guten Freund. Alles da? Sind wir soweit? Na, dann kann's ja losgehen...

30 Die Bretter dieser Welt

CC: Heute Abend spielt ihr ein weiteres Konzert im ‚Stahl-werk'... was erwartet ihr von euch und von dem Auftritt?

MM: (kratzt sich am Hals und überlegt)... hm... da wir gestern einige Male in die Grütze gegriffen haben, hoffe ich, dass wir heute mal fehlerfrei durchkommen...

SJV: ... fuck... Fehler machen das Leben aus... nichts ist schlimmer als übertriebene Perfektion... da muss man zu stehen...

MM: ... jaaa, schon... aber dumme Fehler müssen nicht sein... etwas mehr Konzentration täte dir auch gut...

SJV: (lacht)... ich weiß ja, wer's sagt... die Kette deiner Bühnen-Blackouts reicht doch zurück bis zu unserer Premiere...

CC: Wie war das denn überhaupt mit eurem ersten gemeinsamen Konzert?

SJV: ... oh Mann... ich kann mich nicht mehr an alles erinnern, aber die Location hab ich noch genau vor Augen...

MM: ... der Bunker...

SJV: ... ja, es gab in unserer Hometown so einen alten Bunker aus dem letzten Weltkrieg... da hatte sich ein Jugoslawe mit einer Pinte eingenistet... Duszan oder so, hieß der... es war ein verschachteltes Labyrinth... Treppen rauf und runter... Gänge... alles aus nacktem Beton... und die Toiletten stanken bis oben hin...

MM: Boaah, die Luft war furchtbar dort... aber die ganze Atmosphäre des Ladens hatte was...

SJV: ... stimmt... man ging durch diese Gänge, immer dem Geruch nach... und plötzlich stand man in der Kneipe...

MM: ... die ganze Szene war versammelt...

SJV: ... jep... und einige Gänge und Treppen weiter gab es einen größeren Raum... mit 'ner Holzbühne und franseligen Sisal-Teppichen auf dem nackten Boden... und ein paar alten Matratzen...

MM: ... und Kerzen überall...

SJV: ... Mannmann... kein Mensch würde dafür heute 'ne Konzession bekommen...

MM: ... damals war's egal... und uns sowieso...

SJV: ... (seufzt)... jau... 1977... wir waren gerade so eben volljährig, und voller Tatendrang...

MM: ... wir sahen die eine oder andere lokale Größe, aber auch welche von weiter her... ziemlich angesagte Künstler und Bands traten da auf...

SJV: ... der Raum platzte immer aus allen Nähten... und alle qualmten, was das Zeug hielt... Selbstgedrehte meistens... und anderen Stoff... oh Himmel, mir wird heute noch schlecht...

MM: ... uns tränten die Augen vor Nebel, aber auch vor Stolz und Aufregung, dabei zu sein... dazu zu gehören...

SJV: ... wir knallten uns auf diese durchgevögelten Matratzen und lauschten ehrfürchtig...

MM: ... dann verwursteten wir die Sachen in unserem eigenen Programm, denn wir waren voll in der Probenphase mit ‚Troublemaker‘... unserer ersten Band...

SJV: ... zur Premiere kamen schätzungsweise 100 Leute, oder? Waren's 150? Der Raum war jedenfalls gut gefüllt...

MM: ... oh ja, wir enterten die Bretterbühne mit den ranzigen Teppichen... wir hatten nagelneue Kondensator-Mikrophone... das weiß ich noch... so dünne Dinger, die nix taugten...

SJV: ... ja... die Bühne war nur eine Bierkiste höher als der Betonboden, und die erste Reihe saß mit einem Meter Respekt vor uns...

MM: ... zum Greifen nah... aber ich war so fickerig, dass ich das alles nur schemenhaft erkannte...

SJV: ... das lag an der Luft da... (lacht)

MM: ... wir spielten unser Programm runter, fast wie bei einer Prüfung...

SJV: ... aber ICH hab' jedenfalls nicht falsch gespielt... im Gegensatz zu dir...

MM: DU hast ja auch so leise gespielt, dass es kaum einer hörte...

SJV: ... sehr witzig...

MM: ... na klar... und den Anfang von der ‚Luise' musste ICH ja spielen...

SJV: ... und hast ihn voll verdaddelt...

MM: (lacht jetzt auch)... aber die Krönung war unser Boss... da stimmte gar nichts... und das Becken hat er auch noch umgehauen...

SJV: ... yeaaah... der Boss spielte Bass und Banjo, was er beides nicht besonders konnte... er war aber gut für die Ansagen... und die „Spezialeffekte"...

MM: ... *hihiii... eine Nummer war mehr so ein musikalisch untermalter Text, den er vorlas... und an einer Stelle sollte er auf ein Becken hauen, was er neben sich stehen hatte...

SJV: ... hat im Nachhinein was von Theater...

MM: ... ja, jedenfalls schlug er volle Pulle auf das Teil, was aber nur auf einem mickrigen Stativ stand... und das ganze Ding kippte ins Publikum...

SJV: ... *jjjaahaaahaaa... herrlich... damals versanken wir vor Scham in der Bretterbühne...

MM: ... *iiihh... das wäre unser sicherer Tod gewesen, so wie die aussah...

Es gibt wunderschöne und furchtbar hässliche Bühnen, gro-ße und kleine, hohe und niedrige, schmale und breite, und es gibt feste, für die Ewigkeit gebaute Podien, oder bewegliche Auftrittsflächen, die mit einzelnen Modulen zusammenge-setzt werden und sich leicht wieder abbauen lassen. Doch ganz egal, je nachdem, wo man spielt, und was man aufführt, sollte die Bühne dem Zweck entsprechend konzipiert sein. Eine zu kleine Bühne, auf der man sich kaum bewegen kann, oder wo einem schon dauernd die Bassgitarre in den Rücken sticht, ist mindestens so unproduktiv, wie eine zu große. Ein zu breiter Abstand, eine zu weite Entfernung vom Publikum, etwa durch einen Wassergraben oder aufgestellte Absperrgitter, sind für den gewünschten Verlauf der Performance genau so störend, wie wenn einem die Zuhörer quasi im Schallloch sitzen.

Alle Bühnen dieser Erde aber haben eines gemeinsam: sie erheben den Künstler wahrnehmbar über das zusehende und mithörende Volk, und das Publikum nimmt umgehend eine be-sondere Erwartungshaltung ein.

Die Bunker-Bühne war von der Größe und dem Verhältnis zum Raum ideal. Sie strotzte zwar vor Dreck und war natürlich, trotz der alten Perserteppiche, in keinster Weise isoliert, was je-des Fußtippen extrem verstärkt über die Lautsprecher kommen ließ. Außerdem schwankte sie wie verrückt, weshalb man sich vorsehen und seine mitwippenden Füße etwas im Griff haben musste. Aber sie tat das, was sie tun sollte, und sogar aus den hinteren Reihen konnte man noch sehen und hören, was da oben vor sich ging.

SJV: ... egal... der Teppich war mit berühmtem Schweiß getränkt...

MM: (schüttelt sich)... brrrr... hör auf...

CC: ... und wie war die Resonanz bei eurer Premiere?

MM: ... überwiegend gut... wir spielten ja relativ gängiges Zeugs... was halt alle damals machten, und ich glaube, sooo schlecht waren wir nicht...

SJV: ... nee... unsere Prem und die Proben vorher waren generalstabsmäßig geplant... da konnte gar nichts schief gehen...

MM: ... ein geiles Gefühl, als wir es geschafft hatten...

SJV: ... verlangte nach mehr...

MM: ... und war's dann ja auch... wie viele Gigs haben wir gemacht?

SJV: DU bist doch der Archivar... geh mal zählen...

Während die beiden weiter rumfrotzelten, ging Crisby noch mal kurz seine Recherchen durch, und überflog die Liste der gespielten Konzerte.

CC: ... es sind immerhin einige Hundert...

MM: ... ja, plus die Jobs, die wir nicht gemeinsam gemacht haben... da kommt was zusammen...

SJV: ... und alles begann auf diesem strubbeligen Bretterpodest...

Für den Künstler ist eine Bühne die Welt. Hier findet das statt, wofür er Wochen und Monate geübt, geprobt und gelebt hat, das, was ihn zweifeln und verzweifeln ließ, was ihn um den Schlaf gebracht hat und pausenlos an nichts anderes denken ließ... sein Auftritt, seine Aufführung, sein großer Moment.

Wer auf einer Bühne steht, hat was zu sagen, denkt man. Oder andersrum ausgedrückt: wer nichts zu sagen hat, sollte besser zu Hause bleiben. Denn auch das Publikum bereitet sich innerlich auf dieses Ereignis vor. Es geht ja selten zufällig zu einem Konzert, sondern meist mit voller Absicht. Es kleidet sich dafür, liest eventuell lange Kritiken vom vorherigen Event, vielleicht die Biographie des Autors, oder des Virtuosen und seiner Mätressen. Man bespricht sich mit Freunden und Bekannten, und ist einige Stunden vorher da, um sich einen guten Platz zu ergattern. Das Erreichen einer Bühne ist so etwas, wie zu einem Schiff zu kommen, das am Anlegesteg vor einer Hafenmauer liegt. Die Reise geht bald los, es durchströmt einen ein besonderes Gefühl, es hat was von einem feierlichen Akt.

Die kleinen Clubbühnen haben den Vorteil, dass die Kommunikation zwischen „oben und unten", oder „vorn und hinten"; sehr viel leichter ist, besonders für die Abteilung da oben, die quasi die Zuhörer mit Handschlag begrüßen kann. Es entsteht sofort eine stille Übereinkunft. Man ist da, um sich berieseln und unterhalten zu lassen, oder etwas vom Abend mit nach Hause zu nehmen. Das Wesen dort auf der Bühne bekommt menschliche Züge, man sieht sprichwörtlich das Weiße in seinen Augen. Erkennt man da etwa auch noch einen Fleck auf dem Hemd? Vielleicht von der Tomatensoße, durch die er kurz vorher seine Nudeln gezogen hat? Hat er da Schuppen auf seinem Hemdkragen? Und was macht er da mit seinen Fingern, wenn er zu seinem Solo ansetzt?

Aber auch für den Künstler ist die kleine Bühne von Vorteil, weil er die Reaktion der Zuhörerschaft sofort und viel direkter spürt. Er kann ja sehen, wie sie mitgeht, wie sie grinst, oder sich schlimmstenfalls schaudernd abwendet. Er bekommt das Feedback auf kurzem Dienstweg, und der Applaus, so er denn stattfindet, zieht einem dann glatt die Schuhe aus. Aber wehe, man wirft Tomaten oder faule Eier. DIE treffen dann unmittelbar und nachhaltig.

Die Ausstrahlung und Faszination großer Auditorien entsteht allein schon durch deren gewaltige Dimension. Die Stones gastierten vor einigen Jahren auf ihrer x-ten Abschiedstournee in Berlin, und einmal ist keinmal, sagte ich mir, also nix wie hin. Olympiastadion. Ich saß bequem frontal zur Bühne, ein phantastisches Bild vor mir, das weite Rund, voll mit erwartungsfrohen Menschen, und was folgte, war ein Abziehbild der Rolling Stones, ein technisch perfekter Event, eine gigantische Show, mit Lichttechnik ohne Ende, wechselnden Videoeinwänden, unterschiedlichsten Bühnendesigns, pyrotechnischen Spielchen en masse, ein Feuerwerk an Soundmalerei, und einem Mick Jagger, der in all dieser überbordenden Technik mit seinen diversen Outfits irgendwie verloren wirkte. Was hatte der Mann doch einmal für Strahlkraft. Und Charlie Watts konnten sie trotz allem nicht zähmen, er eierte wie gewohnt rum, und Keith wusste vermutlich sowieso nicht, wo er gerade war, oder es war ihm egal.

Es kam kein Feedback auf, es war eine leblose Vorführung des Dinosauriers der Rockmusik, es war kurz gesagt: schlaffer Mist. Der Grund ist neben der aalglatten, kalten Perfektion eben auch die Entfernung, und zwar für beide Seiten. Man kann als Zuschauer nicht das besagte Weiße in den Augen des Helden sehen, außer auf einer der großen Videoeinwände... aber mal ehrlich, das kann man ja auch zu Hause am TV.

Für den Vortragenden, den Künstler, die Band, findet das Konzert in einer großen Halle, oder einem Fußballstadion, eh nur für die ersten Reihen statt. Die Dimension erschlägt. Man versucht sich auf die ersten hundert Leute zu konzentrieren, und spielt für die so gut man kann (außer den Stones). Dahinter kommt nur noch eine unübersichtliche Masse aus Gesichtern und Leibern. Sitzt oder steht man dort mittendrin, sieht man genau, wie die 250 Fans direkt vor der Bühne frenetisch mitgehen, tanzen, die Arme hochreißen und ihre Diving-Spielchen veranstalten. Die haben was davon, die sind ihren Stars eben NAH. Dahinter wird's zäh, und die Leute auf den letzten Rängen ganz oben sitzen stoisch rum, kauen ihren Burger und verschwinden kurz vor Schluss zu ihren Autos... 100 Euro... vermampft.

Sitzen ist sowieso für'n Arsch, und deshalb sind die Innenraum-Stehplatzkarten oftmals teurer als die bequemen Sitzplätze. Dabei ist ein rhythmisches Mitgehen im Innenraum wegen des vorliegenden Gedrängels fast unmöglich, und mal abgesehen davon, dass der Weg zur Toilette weiter ist, wenn nicht sogar aussichtslos, und einem der Hintermann dauernd in den Nacken hustet oder auf die Füße tritt, nimmt man von so einem großen Konzert recht wenig mit, außer dem Rausch des magischen Gefühls, dabei gewesen zu sein, und seinem Superstar die Ehre gegeben zu haben.

Das alles interessierte Michael Lang, Artie Kornfeld und zwei junge Investoren aus Manhattan nicht, als sie im Sommer 1969 auf einem Acker in der Nähe von Bethel im Staat New York die simple Holzbühne errichten ließen, die später in die Musikgeschichte eingehen sollte. Das Woodstock-Festival wurde der Höhepunkt der Flower-Power-Hippie-Bewegung, 400.000 Menschen kamen zusammen, und das waren nur die, die überhaupt noch rein gekommen waren und etwas von dem Spektakel auf der Bühne mitbekamen. Schätzungen zufolge waren über eine Million Leute auf dem Weg zu diesem Ereignis, und die Infrastruktur rund um den heiligen Acker brach völlig zusammen.

400.000 Zuhörer, das muss man sich mal vorstellen. Es gab nur die bereits geschilderte Holzbühne, einige Metallgestelle für die Lautsprecher, und etwas buntes Licht oben drüber.

Sonst nichts. Aber was für ein famoser Event war dort entstanden... People-Power pur.

Dabei gewesen zu sein, ist heute wie ein Orden, ein Ritterschlag, auch wenn die Zeitzeugen ausschließlich vom unbeschreiblichen Chaos berichten, was in und um Woodstock in diesen Tagen ausbrach. Es gab kaum etwas zu essen, viel zu wenige Toiletten, und es regnete anhaltend. Bilder von dieser Schlammschlacht lassen uns auch heute noch am positiv überhobenen Gesamtbild dieser Veranstaltung zweifeln, aber das schien den Fans damals alles egal zu sein. Recht so, sie waren da, als sich die Jugend zum ersten und letzten Mal in dieser Größenordnung artikulierte und das Festival unauslöschlich in die Meilensteine der Musikgeschichte einritzte.

Dieses Massenfeeling ist ein durchaus gewolltes und reproduzierbares Phänomen, wenn auch die unvergleichliche Woodstock-Hysterie in dieser Form weder geplant noch vorhersehbar war. Nicht nur die Veranstalter wissen, dass in der Masse eine besondere Dynamik entstehen kann, eine unglaubliche, unfassbare Wucht, und diese Kraft wiederum peitscht die auftretenden Künstler nach vorn, oder aber sie bekommen vor Lampenfieber kaum einen Ton zustande, wie es nicht wenigen der Bands und Sänger auf der Besetzungsliste, angesichts des nicht enden wollenden Menschenteppichs vor ihnen, erwiesenermaßen ergangen ist.

Viele unserer früheren Idole haben auf diesem Mega-Festival gespielt. Ten Years After, The Who, Crosby, Stills & Nash, Joe Cocker, Santana, Canned Heat, Janis Joplin, Grateful Dead, Jimi Hendrix, Jefferson Airplane (und wir alle waren verliebt in Grace Slick, mit ihrem weißen Hängerchen...). Auch wenn die musikalische Darbietung, an heutigen Maßstäben gemessen, extrem dürftig war... die Künstler und Bands wurden getragen von dieser ausharrenden und nie genug haben wollenden Humanwoge.

Und so entsteht die gewünschte Reaktion, die Gegenwirkung. Der da oben ist begeistert, das Volk zeigt sich wieder mal von der guten Seite und ebenfalls begeistert, und dadurch wird der Künstler noch mehr begeistert. Was folgt, ist ein gigantomanisches Miteinander... hach, was haben wir uns alle lieb, und was sind wir doch alle selbst mit völligem Schrott zufrieden zu stellen.

Als der Soundtrack dieses Weltereignisses Anfang der 70er nach Deutschland kam, waren Crisby und ich gerade mal so um die 13 Jahre alt, und heute sehe ich Woodstock als unsere Geburtsstunde, oder sagen wir Geburtshelfer auf dem Weg zum Rockmusiker und Gitarristen. Wir wussten nicht viel von den erwähnten, unschönen Begleiterscheinungen dieses exorbitanten Happenings, wir haben wohl monatelang nichts anderes mehr gehört als diese drei LPs vom Festival, und wir träumten Tag und Nacht davon, auf (oder zumindest vor) einer solchen Bühne zu stehen.

CC: Ihr gebt euch auf der Bühne manchmal etwas... wie soll ich sagen... frech... oder vorlaut und derb... ist das nur Masche, und seid ihr der Meinung, dass zum Beispiel Höflichkeit und Freundlichkeit im Pop-Business fehl am Platz sind?

SJV: Ich sag dir was, Junge... kennst Du die ‚Schönen-Tag-Noch-Phobie‘? (lacht leise)... Ich ging eine Zeitlang immer zu einem Kiosk an die Ecke, um meine Zeitung zu kaufen. Der Typ hinter der Theke hatte sich eine Verkaufs-Strategie der besonderen Art ausgedacht... er sagte jedes Mal, wenn man den Laden verließ: ‚schönen Tag noch‘... jedes Mal... immer wieder... man stand da, nahm sein Wechselgeld, drehte sich zur Tür, und wusste, er würde es jetzt gleich wieder sagen... er konnte gar nicht wissen, ob man es hören wollte, er sagte es einfach... so als hätte er sich bei der Morgensitzung vorgenommen, es heute wieder 100 Mal zu tun... es war sicher zuerst mal freundlich und höflich gemeint, aber es verkehrte sich ins Gegenteil... es wirkte nur noch aufgesetzt... eines Tages beschloss ich, es ihm zu zeigen... das übliche Ritual... Zeitung, Geld, Wechselgeld... und dann machte ich einen riesigen Sidestep... und... WUSCH... war ich durch die Tür... ich hörte ihn im Hintergrund sein ‚schönen-Tag-noch' rufen, und vermutlich hat er danach geweint, oder er war schon so abgestumpft, dass er einfach immer weiter damit machte... ich war jedenfalls bis heute nicht mehr in seinem Shop...

Jack nahm wieder einen Schluck Bier.

SJV: ... will sagen, dass eine aufgesetzte Masche beim Publikum nicht ankommt... Umgangsformen sind doch nur hohle Schau... wo steht, dass ich Jeden grüßen muss? Oder immer lachen muss, wenn ich auf der Bühne stehe? Oder denkst du, wenn Robbie Williams breit grinsend durch die Fans schreitet, dass er immer so ist? So ein gut gelaunter Entertainer, der immer töfte drauf ist? Ich glaube, das ist alles Getue, alles Mache... er und ich, wir sind nur Menschen, mit Gefühlen und Empfindungen, mit guten und schlechten Tagen... und das Publikum will dich so, wie du bist, oder wie deine Musik ist... es spürt, ob du es ernst meinst... ob du dahinter stehst, was du da gerade tust... tust du das nicht, bleibt da unten nichts als Leere zurück, schlimmstenfalls entsteht das Verlangen, möglichst schnell wegzukommen, wie bei mir damals an diesem Kiosk...

MM: (benestelt sich im Nacken)... Ja, Umgangsformen sind relativ... es gibt Konzerte, da WILL das Publikum förmlich beleidigt werden... Jack hat Recht, am besten kommt es, wenn du das spielst, was du empfindest, und was deiner und der momentanen Gefühlslage der Zuhörer, oder der Atmosphäre im Raum entspricht... eine Gratwanderung, ich weiß... aber so ist es...

CC: Habt ihr eigentlich kein Lampenfieber? Oder anders gefragt: was tut ihr dagegen?

SJV: ... oh Mann... ich sterbe vor Lampenfieber...

MM: ... im Laufe der Zeit lässt es etwas nach... aber es ist immer da... was tue ich dagegen... hm... das ist unterschiedlich... 'ne gute Vorbereitung beruhigt schon einmal... und zu wissen, dass man sich auf die Anderen verlassen kann... oder das Wissen, dass die Songs überwiegend gut ankommen... die Erfahrung... das verleiht einem Flügel... Selbstvertrauen...

SJV: ... mit Alkohol oder anderem Doping jedenfalls kommst du da oben nicht weit... du brauchst einen klaren Kopf, wenn du die Energie der Musik spüren und 'rüberbringen willst...

MM: ... sich zunebeln bringt da gar nichts... dann lieber ein paar Minuten den kleinen Tod sterben, und genießen, wenn das Adrenalin dich irgendwann vorwärts schiebt...

SJV: ... ich glaube, der Druck, ständig abliefern zu müssen, ist mega gefährlich... du bist nicht gut drauf?... da draußen sitzen aber fünfhundert People, die dich hören wollen... also dann HAST du gut drauf zu sein...

MM: ... und man ist soo schnell wieder weg vom Fenster, wenn man dem Druck nicht gewachsen ist...

SJV: ... und wie viele haben sich mit Drogen voll gehauen, oder versuchen es mit Psychologen, Mentaltrainern und dem ganzen Kokolores...

MM: ... naja, Psychopathen sind wir ja sowieso ALLE irgendwie...

SJV: ... meinst?... yeah... könntest recht haben... 'nen Tick haben wir alle... (kichert...)

MM: ... und Paranoia und so...

SJV: ... die Geister, die wir riefen...

MM: ... wie sich plötzlich mitten im Konzert der eiserne Vorhang über uns schloss...

SJV: ... (schluckt)

CC: 1987-88 habt ihr dann mit einem Bassisten angefangen, Instrumentalmusik zu machen... wie kam das?

SJV: ... ach, das war reiner Zufall... Matt und ich waren damals verknallt in eine LP von Pat Metheny... *New Chautauqua*... Pat spielte nacheinander Bass, Rhythmus- und Lead-Gitarre auf's Band, und die Sachen klangen zusammen so irre gut, dass wir versuchten, sie als Trio nachzuspielen...

MM: ... und dabei gar nicht schlecht waren...

SJV: ... find' ich auch... gut geklaut, und so... jedenfalls hatten wir ziemlich schnell ein ordentliches Programm zusammen... mit eigenen Stücken, wohlgemerkt... und höchstens mal ein Zitat von Pats Platte... ,Stringz' war geboren... drei Gitarren, rein instrumental...

MM: ... und Jackie entwickelte sich wirklich zu einem Pat-Metheny-Double...

SJV: ... hör auf... das gibt es nicht... aber unser Bassmann hatte tolle Sound-Effekte drauf, und deine Rhythmus-Gitarre war aller Ehren wert...

MM: ... in dieser Zeit hab' ich für mich festgestellt, wo meine Stärken sind... was ich kann, und was nicht... ein Instrumental-Programm zu kreieren, ist wesentlich schwieriger, als wenn du einen Sänger hast... und macht total Spaß, wenn du dich darauf einlässt... du arbeitest viel mit Dynamik... laut-leise... schnell-langsam... Übergängen... Intros... Sounds...

SJV: ... und Matt ist ja so ein Automat... ein Rhythmustier... wie so 'ne Jukebox... du wirfst irgendwo was rein, und dann spielt er, bis jemand das Licht ausmacht oder um Gnade winselt... *hihii... und wenn er dann noch die Harp auspackt...

CC: ... die Girls fahren drauf ab...

SJV: ... unbedingt... aber soll ich dir mal sagen, worauf die Girls wirklich abfahren? Wir haben mal mit einem Trommler gejammt... der hieß Mamadou... kam direkt aus Afrika... so ein schwatter Kerl... bildhübsch... pechschwarz und sehnig... perfekt gebaut... er trug so ein neongrünes Muscle-Shirt auf seinem schwarzen Astralkörper, und konnte kein Wort Deutsch... wir gaben ihm zu verstehen, dass er uns nur etwas begleiten solle, und er schien es zu kapieren... wir saßen da in diesem kleinen Raum, alle nebeneinander vorne auf der Bühne, 80 Leute vor uns, und einige Frauen davon in der ersten Reihe... sie konnten den Blick nicht von ihm lassen... ich dachte schon, gleich wirft eine ihren Schlüpfer auf die Bühne...

MM: Ja... er spielte eine Djembe... so eine große bauchige, becherförmige Trommel, die eigentlich nur mit den Händen bedient wird... es war alles easy und wir waren gut drauf...

SJV: ... bis dann der Moment des Mamadou kam... vielleicht waren ihm die vielen Blicke der Girls unter die Haut gegangen... vielleicht stach ihn auch der Hafer... jedenfalls zog er plötzlich so einen gebogenen Stick irgendwoher... wie ein Krieger seinen Pfeil aus dem Köcher... weiß der Geier, wo er ihn plötzlich her hatte... und dann richtete er sich auf... RICHTETE SICH AUF...

MM: (grinst verschmitzt)... *hahaha... jaaa... was für ein Bild... dieser Beau stand plötzlich vor den Mädels in der ersten Reihe, sie brauchten nur die Finger auszustrecken... und sie konnten doch nur noch die Luft anhalten... kurz vor der Ohnmacht... was für ein Geschöpf... (kichert)... und seine Hand mit dem Stock schwang auf einmal durch die Luft... wie eine Peitsche... und knallte volles Rohr auf die Djembe... es ging einem durch Mark und Bein...

SJV: ... und dann ging's los... ich dachte, jetzt kommen die Kannibalen... er begann ein Solo der besonderen Art... inbrünstig... technisch über jeden Zweifel erhaben... rhythmisch ausgefeilt... durch und durch negroid... so was können echt nur die Schwarzen... er geriet in Trance... es war voll der Sex... und die Mädels stöhnten und ächzten dazu im Takt...

MM: ... er hörte nicht mehr auf... es war der Hammer... ein kollektiver Orgasmus, nur durch Mamadous Trommel... so was hab ich danach nie wieder erlebt...

SJV: ... jeder Peitschenhieb entlockte den Mädels einen abgrundtiefen Seufzer... oohh... aaahh... jaaaaahh... huuuuhh... die Kerle glotzten nur noch... wir waren alle nass geschwitzt... der Saal raste... es war eine Zeitreise in die menschliche Vergangenheit... es hatte was Archaisches...

man sah sich um ein Feuer tanzen, wie Jim Morrison... sah sich am Opferstein oder auf einem blutigen Kriegspfad... und all das ohne Doping... oder?

MM: Genau... Ladies and Gentlemen... die Kraft der Musik... da war sie... voll entfaltet... in aller Pracht und ganzer Blüte...

Musik hat eine mit nichts zu vergleichende Ausstrahlung, eine spürbare, metaphysische Energie. Sie kann den Hörer in orgiastische Sphären führen, ihn in spirituelle Zustände versetzen, ihn vor Wonne, Wollust, Genuss und Freude schäumen lassen, ihn ‚gut-drauf' bringen, Krankheiten lindern, ja heilen, oder Sorgen relativieren, Freundschaften kitten und Liebe vermitteln, aber auch anheizen, aufwiegeln, zerstören, ärgern, Wut, Hitze, Aggressionen und böse Gedanken freisetzen, unglaubliche, mannigfaltige Emotionen auslösen, und schon deshalb und ganz besonders: Gänsehaut verschaffen. Ein Relikt aus animalischer Vergangenheit, gesträubtes Fell... ein Zeichen höchster Wachsamkeit und Erregung.

Wenn man sich überlegt, wie viele Orgasmen es schon zu *Samba pa ti* gegeben haben mag. Oder wie viele erste heiße Küsse zum Klang von *Nights in white satin*. Die meisten Menschen verbinden extreme Ausnahmesituationen in ihrem Leben, positive wie negative, mit einem Lied, einem Song, einer Melodie, oder verfallen bei gewissen Stücken oder Sounds entweder in Depression oder Hochstimmung. Paule zum Beispiel, mein geliebter grauer Kater, kommt bei den Bangles und ihrem Song *Eternal Flame* immer mal kurz aus dem Katzenhimmel zu mir, und ich mache jetzt keine Witze. Ich habe jedes Mal so was von Gänsehaut.

Übrigens: warum wohl sind die meisten erfolgreichen Popsongs im Tempo bei ungefähr Mitte 80? Das ist der Taktschlag des beschwingten Herzens, wenn man nicht Hochleistungssportler ist und einen Ruhepuls von 45 hat... aber das ist eine andere Geschichte. Und nicht umsonst gibt es Musiktherapien, nicht ohne Grund marschiert der GI am besten zu laut und rhythmisch skandierten Anfeuerungsparolen, und nicht ohne Absicht grölt das Stadion „You'll never walk alone" in die Kampfstätte. Da werden pure Emotionen freigesetzt, kraftvoll, ursprünglich, und unverfälscht.

Und kein anderes Instrument auf der Welt ist derart in der Lage, all das auszudrücken, wie die Gitarre. Das sage ich als Gitarrist, ich weiß, und jede Violinistin oder jeder Piano-Spieler wird mir widersprechen: wo bitte bleibt die Objektivität? Okay, dann sage ich es jetzt also ganz subjektiv: KEIN anderes Instrument kann all diese Gefühlslagen so wiedergeben wie die Gitarre. Von zärtlich leicht, bis monströs schwer und hart, brachial, brutal, zerschmetternd und dann lieblich ausklingend, seidenweich, verspielt, wie ein Blatt im Wind, oder wie ein sonniger Morgen auf einer Waldeslichtung, herzzerreißend bis geschmacklos, überwältigend bis banal, und zeitlos bis kitschig und atemberaubend.

Und noch einmal: die Rockmusik ist ein Schlachtfeld, wie die Liebe und der Tod, und die Gitarre ist zugleich Pfeil und Bogen, ist Gewehr und Kugel in Einem, ein Feldherr vor seinem Bataillon, kurz vor der entscheidenden Attacke... die linke Flanke ungeschützt... da naht die berittene Einheit... umzingelt den Feind... gibt ihm den Gnadenstoß... und: ein Aufschrei... YEEEEAAAAAAAHHHH... (John Lennon... *Glass Onion*).

Zu viel Pathos? Mag sein, doch ich habe in etlichen Lebenslagen erfahren dürfen, wie mir die Musik zur Seite stand, und ich glaube daran. Sie ist für mich Katalysator und Blitzableiter, Motivationsspritze, Jungbrunnen, Zaubertrank und Schiedsgericht, und jeder Moment mit ihr war mir Gold wert. Und höre ich sie mal nicht, habe ich sie innerlich doch immer präsent.

CC: In eurer aktuellen Formation habt ihr nun wieder einen jungen Sänger dabei... also ‚back to the roots', oder wie?

MM: ... wenn du so willst, ja... obwohl wir ja auch später bei ‚Stringz' mit Pedda schon gesungen haben... aber jetzt singen und komponieren wir wieder deutsch... ein wesentlicher Unterschied, so läppisch, wie es klingt... in gewisser Weise sind wir wieder da angekommen, wo wir begonnen haben, auch wenn die Musik und die Texte sich natürlich weiterentwickelt haben...

SJV: ... absolut... und wir sind so flexibel wie nie... wir können als Trio auftreten, oder als richtige Rockband, mit Bass und Schlagzeug... und Pauken und Trompeten sozusagen... wir können rocken, oder kuscheln... davon haben wir immer geträumt, so vielseitig zu sein... so anpassungsfähig... den Switch hinzubekommen... das entspricht genau unserer Philosophie... originell sein auf der Bühne... nicht nach Schema F irgendwo abliefern, sondern auf das Publikum eingehen, ihnen was bieten, für's Ohr und für's Herz, und immer mal was Neues ausprobieren...

MM: ... ich würde uns heute als Pop-Band bezeichnen, oder als Pop-Rock-Band, von mir aus. ... die Entwicklung vom Folk zum Rock ist abgeschlossen... aber wir kennen unsere Wurzeln und lassen sie leben...

SJV: ... und unsere Songs sind richtige Pop-Rock-Songs geworden... wer hätte das mal gedacht...

Das Wesen eines GUTEN Pop-Rock-Songs ist leicht zu erklären... er ist simpel und nachvollziehbar strukturiert, er hat eine einprägsame Melodielinie mit hohem Wiedererkennungswert, er kommt laut besser als leise, und er klingt Englisch runder als Deutsch. Meist läuft er im Vier-Viertel ab, und irgendwie folgt er dem 12-taktigen Bluesschema. Er hat zwar ungefähr die 8,4-milliardste Anordnung von Strophe-Strophe-Refrain-Strophe-Refrain-Bridge-Refrain-Refrain, doch er besticht durch mindestens einen originellen Anfang, ein eingeschobenes markantes Solo, eine gelungene Klangfarbe, und vor allem einen amtlichen Schluss. Ich hasse diese Fade-Outs, sie gehören in die Kategorie wachsweiche Kacke, lenor-gespülte Schlager, oder Massen-Pop für Kretins und die Leute mit der gelben Binde und den drei schwarzen Punkten auf den Ohren. Wie kann man einem im Ansatz vielleicht sogar netten Song am Ende nur ein Fade-Out verpassen... hääh?? Soll das Teil innerlich etwa ewig weiterdudeln, oder was soll das andeuten? Gab's keine Idee für einen ordentlichen Akzent zum Abgang?? Etwas Schlüssiges eben? Hatte der Toningenieur Feierabend? Lässt man bei einem Roman am Ende etwa die Buchstaben bis zur Unleserlichkeit kleiner werden? Oder malte Picasso sein Ölgemälde unten rechts mit Wasserfarbe weiter?? Leute, der Fade-Out gehört in die Grube der weiter vorn angesprochenen Dekadenz.

Ein guter, stimmiger, perfekter Song fängt an und hört auf, und am besten ist's, wenn er mittendrin nicht nur ins Gehör, sondern auch noch unter die Haut und ins Herz geht, oder zumindest in die Hose. Gänsehaut soll er machen, ein Hochgefühl erzeugen, oder helfen, Ärger und Trauer zu verarbeiten, und davon haben wir alle reichlich. Vielleicht soll er auch nur ablenken, oder Trost spenden. Ist doch auch was, und geht ganz ohne Drogen. Warum verkaufen sich die i-pods wie warme Semmeln? Warum sitzen heute die Leute mit Kopfhörern in der Straßenbahn? Weil ihnen menschliche Nähe und lärmende Urbanität Schmerzen bereitet, weil sie nichts als Gefühlskälte in der Gesellschaft Anderer spüren. Sie schotten sich ab, sie lassen die garstige Welt außen vor, und sie überspielen das menschliche Desaster mit einem Song, einem Sound, der Freude und nicht Pein hervorruft, oder sie konservieren ein gutes Lebensgefühl auf dem Weg von A nach B, bevor es unterwegs verloren geht. Das, liebe Leute, auch das ist die Kraft der Musik.

Und ich denke an die berühmten Schlüpferstürmer... *Bridge over troubled water*... Simon & Garfunkel... an *Don't dream, it's over* von Crowded House... Neil Finn wieder, dieser Racker... dieses Orgel-Solo, das einem nicht nur die Strümpfe auszieht... sofort... auf der Stelle... schon in der Vorahnung sozusagen. Oder dieses *Dosed* von den Red Hot Chili Peppers, oder der Klassiker: knutschen mit *Angie*. Wer hat zu einem Song nicht seine ganz eigenen Erlebnisse und diverse, unauslöschliche Erinnerungen? Hoppla, da fällt einem jedes Mal ein Ei aus der Schale, und würde nicht mittlerweile die 95ste Kuschelrock-CD erscheinen, würde ich sagen: DAS müsste mal jemand erfinden. Gesammelte Schlüpferstürmer...

Ich rufe deshalb an dieser Stelle zwei wunderbare neue Memos ins Leben... ganz für mich allein, denn es sind ja auch meine ureigenen Empfindungen. Wer aber will, kommt mit:

Charts No.1: die „Gänsehaut der Woche“... hier darf aktuell die neue Single von den Foo Fighters ganz oben stehen... *The Pretender*... schon aufgrund des hammergeilen Intros und Mittelteils, und dieser unglaublichen Dichte und Konsequenz. Platz 2 für Gloria Estefan, *Con los anos que me quedan*, oder so... gerade gehört auf dem Marktplatz von Santanyi/Mallorca, in einer schattigen Bar mit bunten Lampen und gaaaaaanz viel Charisma.

Kategorie 2 ist dann der „Schlüpferstürmer des Monats“, was schon besagt, dass Gänsehäute und Schlüpferstürmer nicht unbedingt identisch sein müssen. Die Art einer Gänsehaut ist je nach Lebenslage unterschiedlich, wohingegen ein Schlüpferstürmer immer nach ähnlichen Kriterien funktioniert. Schlüpferstürmer sind nicht automatisch Gänsehäute, weil der rationalen Verarbeitung des Tonmaterials meist bereits eine starke emotionale Reaktion voranging, bzw. schon andere Handlungen oder Sinneseindrücke die Härchen aufgerichtet haben, und in der Regel zu erhöhter Ausschüttung hormoneller Substanzen führten, welche wiederum direktemang in den unteren Bauchraum diffundieren, weshalb man Schlüpferstürmer mit dem Ohr UND mit dem Unterleib hört, Gänsehäute jedoch auch OHNE Unterleib funktionieren... *puuuh...

Aktuell diese Woche auf Platz 1: Lou Rawls mit *If I were a musician*. Letzte Platzierung: *One* von U2, featuring Mary J. Blige... sowieso schon ein Wahnsinns-Song, aber Mary besorgt's mir erst richtig. Doch nicht, dass jemand denkt, ich schreibe jetzt jeden Monat ein neues Buch, nur wegen der Gä-hau-Schlü-stü-Charts. Machen Sie lieber eine eigene Liste, Sie werden sehen, wie schnell sie sich füllt, und wie sie sich laufend verändert.

Back to CC...

CC: Nun feiert ihr also bald euer 30jähriges Bühnenjubiläum... 'ne stolze Bilanz, oder?

SJV: ... weißt du, Junge, das klingt nach 'ner Menge Erfahrung... aber in Wirklichkeit ist jeder Auftritt für mich fast noch wie der Erste... und mit Routine allein kommst du in diesem Business auch nicht weiter...

MM: ... wir haben übrigens die Idee, die ganze Crew der letzten drei Dekaden noch mal zusammenzutrommeln...

SJV: ... nicht, dass wir sentimental wären, aber der Gedanke, die ganzen Chaoten noch mal auf die Bühne zu zerren, hat schon was...

MM: ... ich finde, 30 Jahre sind 'ne Leistung... das lass' ich mir nicht nehmen...

SJV: ... yeah... und wer weiß, wie lange es uns alle noch gibt...

MM: ... Pedda ist ja schon nicht mehr...

SJV: ... ja, der traurigste Moment, in all der Zeit... und es zeigt wieder mal nur, wie vergänglich alles ist...

CC: ... Pedda war euer Sänger bei ‚Stringz'...

SJV: ... ja... ein netter Kerl... es war ein Glücksfall, dass wir mit ihm einige Zeit verbringen konnten...

MM: ... er gehörte immer irgendwie zur näheren Szene... man kannte sich... wir bewunderten immer seine Performance... seine Power... er war ein Bühnentier...

SJV: ... wir waren damals müde, dieses Instrumentalzeug zu spielen, und suchten wieder 'nen Sänger...

MM: ... irgendwie ergab sich die Gelegenheit, und er fackelte nicht lange... und dann war er tatsächlich dabei...

SJV: (seufzt...)... mir kommen noch heute die Tränen, wenn ich an die Schoten denke, die er gerissen hat... das Publikum war ihm hörig...

MM: ... du meinst Ali-Wand? Oder die Sache mit dem Krüstchen?

SJV: ... *hohohoo... lass' gut sein... ich kann nicht mehr... wir hatten einen Song, der hieß *All I want*... Pedda konstruierte daraus eine Story von einem Ölauge in einem türkischen Basar... der Mann hieß Ali... und hatte seinen Shop vor einer Wand stehen... booaahh, er war so verrückt... Ali Wand... All I want...

MM: ... und bei *Nothing's lost in the coves* zog jemand tränenüberströmt ein Taschentuch, aber es war nur so ein halb angetrocknetes Tempo-Krüstchen in seiner Hosentasche... und dann ging es darum, warum er weinte... er hatte seine Scheckkarte ins Meer geworfen, und die Brandung brachte sie ihm wieder zurück... nothing's lost... eben...

SJV: ... nee, darauf muss man erstmal kommen... *hihiiii...

MM: ... und Uli B. nicht zu vergessen... der verrückte Trommelheini...

SJV: ... na klar, stimmt... plötzlich hatten wir also einen Trommler, einen Sänger, und 'ne Menge Songs... war es nicht das, was wir immer wollten?

MM: ... echt... und wir probten in diesem unsäglichen Hinterhof-Ding...

SJV: ... au Mann, ich krieg' noch heute nachträglich die Krätze, wenn ich daran denke...

MM: ... wenn ich mir überlege, in was für Kaschemmen wir schon geprobt haben... weißt du noch: die Bude in der Dingens-Straße... bei Walter... dem Tontechniker von Jan Garbarek...

SJV: ... jaja... und immer, wenn man ihn mal brauchte, hieß es, Walter ist auf Tour... mit Jan...

MM: ... immerhin hatten wir seinen Probenraum... es duftete nach großer weiter Welt...

SJV: ... aber es war nur Hinterhof...

MM: ... komm, wir haben unsere *Crazy Games* da aufgenommen...

SJV: ... ist ja gut... das war okay... war 'ne klasse Zeit...

MM: ... hachja... und Pedda war 'ne ganz besondere Marke...

SJV: ... und so ganz nebenbei sang er auch noch gut...

MM: ... und dann starb er aus heiterem Himmel... einfach so... in der Nacht...

Es entstand eine kurze betretene Pause, bevor Jack das Wort wieder ergriff.

SJV: ... so wie ich ihn kenne, sitzt er jetzt auf 'ner Wolke, und erzählt seine Geschichtchen... und die Engel lachen sich die Flügel krumm...

MM: ... unbedingt... (kichert)... und er sieht uns allen zu... und weiß, dass wir irgendwann nachkommen...

SJV: ... ob er immer noch den Kamm in der Brusttasche hat??

MM: ... ich wette darauf...

30 Outro

Wie bereits im Vorwort angedeutet, ist dieses Werk der Versuch einer Huldigung, eine Hommage an alle Gitarristen, Songschreiber, Pop-Rock-Artisten, Kreativ-Designer und Musiker überhaupt, und ich widme es hiermit allen meinen Lieblings-Gitarristen.

To all my favourite guitar-players, Jungs und Mädels, ihr habt mir in meinem Leben zahllose Gänsehäute, unglaubliche Inspirationen und wundervolle Momente beschert. Sorry an alle, die hier nicht genannt sind, weil ich sie vielleicht noch nicht kennen gelernt habe, und Sorry an alle, die ich einfach vergaß.

Und wer dann immer noch nicht hier erscheint: ebenfalls Sorry, aber: die Gänsehaut blieb dann wohl aus. Weitermachen, bis sie endlich kommt... die Hauuuut...

Jetzt aber:

CARLOS SANTANA – Zuerst mal wegen Woodstock und *Abraxas*, aber auch später ein unvergleichlicher Gitarrero... seine Soli hört man unter Tausenden heraus... das adelt...

NILS LOFGREN – als Gitarrist von Bruce Springsteen unter Wert gehandelt... seine Flageolett-Technik über das gesamte Griffbrett ist für mich unerreicht...

RY COODER – Diese Slides... dieses Rascheln... (z.B. *Paris-Texas*...)... mir geht's bis ins Mark... ich kenne nur wenige, die es ähnlich beeindruckend beherrschen...

RORY GALLAGHER – einer meiner ersten Helden... Orange-Amp... *Daughter of the Everglades*... ehrlicher Bühnenarbeiter... kariertes Hemd... zermackte Fender-Strat... kraftvolle, unendliche Soli...

RITCHIE BLACKMORE – immer düster... immer ernst... aber eine tolle Säge... *Deep Purple in Rock*... gehört, bis nur noch Kratzen kam...

JIMI HENDRIX – tja, was soll ich sagen... wird entweder geliebt oder gehasst... polarisiert halt... ich für meinen Teil LIEBE ihn... die *Band of Gypsys* spiele ich noch heute rauf und runter... so ne olle Kamelle... aber für mich noch immer taufrisch... ein Meilenstein... ebenso wie die *Electric Ladyland*...

KEITH RICHARDS – für sein Leben, seine Finger... und für die Anfangsgitarre von... ach egal, der Typ ist einzigartig...

DAVID GILMORE – Pink Floyd... auch so eine Ausnahmeerscheinung... *Wish you were here... Shine on you, crazy diamond...* Gänsehaut pur... oder das Solo von *Another brick in the wall...*

JONI MITCHELL – Mega-Organ, und ihre offen gestimmten Gitarren... nackte Ästhetik... *Hejira* war viele Monde mein Lieblingsalbum... hat mich stark geprägt, vor allem die Art, wie sie die Klampfe spielt...

Pat Metheny – eine ganz spezielle Verbindung... ich finde ihn manchmal zu akademisch... zu abgehoben über dem Rest der Welt... doch dann jagt wieder eine Haut die andere... ein genialer Gitarrist allemal... thanks for all...

Rudi Mika – mein Lehrer... und ein unvergleichlicher Gitarrero, Geiger, Songschreiber und Musiker überhaupt... und Romantiker dazu... I love you...

Alvin Lee – gerade erst wieder im ‚Engel' gehört... meine Fresse, wenn der abgeht, dann richtig... *I'm going home*...

Leslie West – auch wenn es nicht fair ist, aber ich sage nur: *Stormy Monday*...

Paco de Lucia – hier sollte eine spezielle Huldigung erfolgen, aber ich kann's auch in zwei-drei Worten zusammenfassen: schier unmöglich, unglaublich...

John Frusciante – allein schon für die Anfangsgitarre von *Californication*, aber auch sonst... für mich DER perfekte Rock-Gitarrero... kann die Sau rauslassen, wenn nötig, und danach wieder säuseln und kuscheln... für *Stadium Arcadium* gebührt ihm und den Red-Hot-Chili-Peppers die Plakette... ich höre sämtliche Gitarren-Sounds und -Stile der Rockgeschichte... das Album ist für mich ein Lexikon... und ein Meisterstück sondergleichen...

Keith Scott – der Hammer-Lead-Gitarrist von Brian Adams... sagenhafte Licks, Riffs und Sounds... DER hats drauf... *Can't stop this thing, we started*...

George Benson – hey, cool man... I like you, soooo much...

LARRY CARLTON – „Mr. 335"... wenn er nicht ewig grinsen würde, ein Super-Tipp für ein Live-Konzert... so höre ich lieber seine Studio-Scheiben... Wahnsinn... unerreichbar... ein Stilist vor dem Herrn...

GRAND-FUNK-RAILROAD – bin ich ja schließlich mit groß geworden... die amerikanische Version der Nürnberger Reichsparteitage, schrieb mal jemand... geile Gitarre, hart, dicht, groovy bis zum Exzess...

GEORGE HARRISON – natürlich... oft unterschätzt, aber höre ich immer noch und immer wieder... für seine Zeit ein Großer, und die späten Beatles-Werke sind eh zeitlos...

DON FELDER und JOE WALSH – Eagles... ja... die hatte ich zuerst drauf... jeder Riff ein Treffer... jeder Lick ein Universal-Passepartout...

THE EDGE – U2... als *Joshua Tree* erschien, dachte ich, ich fall um... ich geb's auf... mich holn'se ab... GENAU diese Gitarre sollte es sein... diese Licks und Riffs... par excellence... meisterhaft zelebriert... tänzelnd... verspielt... dann messerscharf zustechend... und die ganze Platte ein Panini-Album großer Hits... ich wollte alles bisher Dagewesene in die berüchtigte Tonne kloppen... was für ein guter Stoff... Halleluja... und Chapeau...

STEVE LUKATHER – u.a. sein Solo bei *Rosanna*... Haut, bis zum Himmel...

LEO KOTTKE – picking... sliding... einer der ersten, der mir Bock auf's Fingerpicken gemacht hat... hab's aber nie wirklich drauf gehabt...

Baden Powell – hin und wieder macht mich ‚Latin' sehr stark an... er ist ein Vorsitzender der Südamerika-Fraktion, und spielt einfach gekonnt den Folk von der anderen Seite der Erde... hach ja... mit „Corazon"...

Dean Parks – Eric Gale – Robben Ford... die Jungs waren und sind auf gefühlten 27 Millionen Scheiben als Studiomusiker dabei... die haben einfach alles parat... da bleibt kein Auge trocken... und lässt man ihnen den Freiraum, dann spielen sie die Gänsehäute rauf und runter...

Angus Young – ACDC... Brat-Fett-Gibson, bis der Arzt kommt... die Hardrock-Abteilung... am besten nachts um eins und brüllend laut...

Slash – erst als Gitarrero von Guns & Roses zu mir gekommen, besticht durch sein virtuoses Solospiel und seine harten, aber auch bluesigen Gitarrenklänge... spielt bevorzugt Gibson Les Paul und Marshall-Verstärker... logo, was sonst... wenn ACDC ausklingt, kommt er dran...

Doobie Brothers – *listen to the music*... diese funky guitar hat mich einige Zeit stark inspiriert... erhöhter „Haut-Faktor"...

Frank Zappa – DEN kann ich nicht in zwei Sätzen abhandeln, denn er hat mich mit am meisten fasziniert... neben seinen Qualitäten als Komponist, Arrangeur und Bandleader ist Zappa für mich auch an der E-Gitarre einzigartig. Mehr als 1000 Songs hat der Bursche aufgenommen und veröffentlicht. Er gehört sicherlich zu den eigenwilligsten und kompetentesten Gitarristen der Szene. Ich bewundere seine Spielweise, etwa im Titel *The Orange County Lumber Truck* (Album *Weasels Ripped My Flesh*), einem Stück, das in eines der swingendsten Gitarrensoli der Popmusik überhaupt mündet. Ein Merkmal für ihn ist auch die ungewöhnliche Länge seiner Soli. Auf den beiden Doppel-CDs *Shut Up 'n play yer guitar* und *Guitar* spielt er nur Soli, und die längsten sind über zehn Minuten.

Zappas Spieltechnik zeichnet sich auch durch mitunter atemberaubende Schnelligkeit aus: „Wenn ich einen Ton mit der rechten Hand anschlage, spiele ich mit der linken Hand fünf. Ich schlage nicht alle Noten an, die ich spiele. Ich mache auch Sachen, wo ich das Plektrum auf dem Griffbrett benutze, drücke es runter und schlage es zur selben Zeit. Es klingt dann ein bisschen nach einem bulgarischen Dudelsack." *lol

In seiner Autobiografie sagte Zappa auch: „Obwohl ich nicht behaupten kann, dass ich heute fähig bin, einen Guitar-Slim-Lick zu spielen, so hatte doch seine ‚Quäle-und-würge-sie'-Attitüde einen starken ästhetischen Einfluss auf den Stil, den ich schließlich entwickelte."

Zappa arbeitete mit vielfältigen Gitarrensounds, von unverzerrt (clean) bis hin zu extrem übersteuerten Bombast-Sounds wie auf dem Album *Tinsel Town Rebellion*. Die Klangfarbe beeinflusste Zappa vor allem – und als einer der ersten Gitarristen überhaupt – mit dem Wah-Wah-Pedal. Ebenfalls zu hören sind Phasing-, Flanging- und Choruseffekte... na bitte...

JOHNNY GUITAR WATSON – Zitat Zappa: „Watson ist der originale Minimalist unter uns Gitarristen. Das Solo auf *Lonely Nights* – das ‚One-Note-Guitar-Solo': Das sagt doch alles. Auf den Punkt." Später mehr im Disco-Funk zu Hause... und sein Fender-Sound hat mich immer stark angemacht...

LOWELL GEORGE – spielte auch mal bei Zappa mit, wurde aber von ihm gefeuert, weil er... ach, keine Ahnung, warum... ich bin ein Fan seiner Slides, und der Funky-Songs mit seiner Band, Little Feat...

STEVE STEVENS – unvergleichliche Technik... der Mann muss drei Hände haben, begleitet sich selbst beim Solo... habe ich jedenfalls bei einem MTV-unplugged-Konzert mit Billy Idol gesehen... oder ich hatte Halluzinationen...

CHRIS REA – leider mit *Josephine* verheiratet, und deshalb zu früh aus dem Geschäft... ein toller Komponist und ein geiler Gitarrist... vor allem die Glissandiiii... boaah

ERIC CLAPTON – auch ‚Slowhand‘ genannt... ein Freund meinte neulich, DER gehört doch unbedingt da rein... hm... nun ja... eigentlich schon, aaaber... technisch ohne Frage, spielt auf jeden Fall Champions-League, doch gänsehautmäßig ein klares Nein... ich lass das hier mal offen...

LEE RITENOUR – „Captain Fingers", spielt die Gibson-ES 335 wie Larry Carlton, mit dem er einige Sessions hatte... ein Genuss, die beiden... sehr starker „Haut-Faktor"...

JIMMY PAGE – *Stairway to heaven... Whole lotta love...* gedudelt, bis ich's rückwärts konnte... starke Hammer-on-Pull-off-Technik, also spielen, ohne die Saiten anzuschlagen... das können zwar andere auch, aber er war einer der Ersten... und ein bissiger Rocker... huiiiiii...

EDDIE VAN HALEN – und Michael Jacksons *Beat it...* sowieso schon ein Welthit, aber die Gitarre von Tapping-Eddie setzt noch einen drauf... sie kommt daher wie der Tiger von Eschnapur... *rrrooooooaaarrrrrrrr... raus aus dem Busch... mitten rein ins Herz... oder in den Bauch... oder sonst wo...

BRIAN MAY – Killer Queen... der Typ baute sich seine Lieblings-Gitarre selbst, die „Red Special", mit der er einzigartige Sounds produzierte... war einer derjenigen, der die Overdub-Technik perfektionierte, also das Übereinanderlagern mehrerer Stimmen und Gitarrenlinien… klang hinterher fast wie die Symphoniker, und die Queen-Chöre und seine Soli erkennt man deshalb mit verbundenen Hörmuscheln… spielt statt Plättchen übrigens angeblich mit einer Six-Pence-Münze… Sachen gibt's…

Schlussakkord

R.N. 8.12.77

„Störenfried" hat ersten Auftritt

Neue Dortmunder Gruppe auf der Folkrock-Szene / Debüt im Bunker

Sie nennen sich „Störenfried" und arbeiten noch an einer gemeinsamen Linie. Die vier Dortmunder Musiker Günter Heimes, Matthias Holtmann, Rudolf Mika und Horst-W. Stölzig und der aus Polen stammende Sänger Richard Vesper haben sich in diesem Jahr zusammengetan und eine neue Gruppe gegründet. Der erste öffentliche Auftritt ist am 16. Dezember um 20 Uhr im Bunker an der Wittelsbacher Straße.

„Störenfried" vertritt die Richtung des Folkrock und kümmert sich auch um eigene Texte. Die verschiedenen musikalischen Erfahrungen, die jedes einzelne Mitglied bereits in den Bereichen Jazz, Folk, Blues und Rock gemacht hat, formen das Klangbild der Gruppe. Die zumeist eigenen Texte werden auch mehrstimmig vorgetragen. „Störenfried" will mit seinen Songs gesellschaftliche Mißstände aufdecken und gab sich darum diesen Namen. Seine Mitglieder haben zum Teil schon bei „Manderley" und „Thoost" gespielt.

Neu auf der Dortmunder Folkrock-Szene: Gruppe „Störenfried". (beer)

Live

16.12.1977	Dortmund, Bunker, Premiere
25.02.1978	Castrop-Rauxel, DGB-Fest
10.03.1978	Dortmund, Bert Brecht Gymnasium
23.03.1978	Castrop, Tangente
27.04.1978	Bochum, Fabrik
01.05.1978	Dortmund, Westfalenpark
01.05.1978	Dortmund, Lütgendortmund
13.05.1978	Dortmund, Alter Markt
14.05.1978	Dortmund, Festival der Jugend
20.05.1978	DPSG
25.05.1978	Giessen, Uni
28.05.1978	Lüdenscheid
03.06.1978	Dortmund, Kleines Haus
16.06.1978	Kusel, Festival Burg Lichtenberg
16.06.1978	Schwerte, Wasserkeller
01.06.1978	Baunatal
30.06.1978	Altena
09.09.1978	Kierspe
10.09.1978	Schwerte
16.09.1978	Dortmund
17.09.1978	Werdohl, Schrottkeller
23.09.1978	Dortmund, Bunker

28.09.1978	Hagen, Folkclub
07.10.1978	Altena, Burg Holzbrink
03.11.1978	Hagen, JUZ Böhle
02.02.1979	Aachen, Audimax RWTH
10.02.1979	Sprockhövel
28.03.1979	Bielefeld, Bunker
01.05.1979	Hattingen
01.05.1979	Dortmund, Westfalenpark
04.05.1979	Hagen, JUZ Böhle
11.05.1979	Eckernförde, Festival
12.05.1979	Kiel, Pumpe
20.05.1979	Dortmund, Aula Ostwall
26.05.1979	Oberhausen
01.06.1979	Mühlheim
02.06.1979	Neuenrade
03.06.1979	Oer-Erkenschwick, SDAJ Pfingstcamp
06.06.1979	Frankfurt
14.06.1979	Bochum, Kemnade
15.06.1979	Vollmarstein
16.06.1979	Lüdenscheid
30.06.1979	Bern/CH, Int. Folkfestival Gurten
01.07.1979	Bern/CH, Int. Folkfestival Gurten
04.07.1979	Düsseldorf
07.07.1979	Friedberg
08.07.1979	Baunatal
18.02.1980	Kierspe
23.02.1980	Schalksmühle
28.02.1980	Altena, Burg Holzbrink
15.03.1980	Dortmund, FHH
27.03.1980	Dortmund, FHH
12.04.1980	Dortmund-Eving, JUZ
25.04.1980	Bochum
01.05.1980	Dortmund, Westfalenpark
01.05.1980	Bochum

03.05.1980	Bochum, Rotthaus
17.05.1980	Oberursel
25.05.1980	Dortmund, DGB Pfingsten
31.05.1980	Hamm
02.06.1980	Bochum, Theaterfestival
13.06.1980	Dortmund, Leibnizgymnasium
14.06.1980	Unna
15.06.1980	Unna
20.06.1980	Dortmund, FH Sonnenstraße
21.06.1980	Trier, Exelenzhaus
28.06.1980	Lenzburg/CH, Festival
29.06.1980	Lenzburg/CH, Festival
05.07.1980	Hildesheim, Club
06.07.1980	Baunatal, Festival
27.09.1980	Wilhelmshaven, Festival Südstrand
28.09.1980	Unna, Rausinger Halle
09.10.1980	Dortmund, Musikkeller
16.10.1980	Hagen, Volksgarten Folkclub
18.10.1980	Dortmund, HOT Mengede
25.10.1980	Dortmund, JUZ Hörde
14.11.1980	Trier
15.11.1980	Hermeskeil
	(die Sache mit dem Pullover)
21.11.1980	Bern/CH, Mahoganny Hall
22.11.1980	Unna
06.12.1980	Dortmund, FHH
13.12.1980	Bergkamen
18.12.1980	Dortmund, Musikkeller
	(das war glaube ich das Ding, wo Erdbeer-Dieter gekellnert hat und immer die Reste vom Tablett ins Bier kippte…)
16.05.1981	Dortmund
17.05.1981	Unna
22.05.1981	Wilhelmshaven, Festival

13.06.1981	Dortmund, JUZ
19.06.1981	Oberursel, Festival
20.06.1981	Dortmund, Festival der Jugend
25.06.1981	Volmarstein
26.06.1981	Wiesbaden
27.06.1981	Illertissen, Festival am Baggerloch
02.07.1981	Altena, Burg Holzbrink
03.07.1981	Dortmund, Westfalenhalle
29.08.1981	Dortmund, JUZ Nette
11.09.1981	Stuttgart, Festival SDAJ
25.09.1981	Illertissen
26.09.1981	Biberach
03.10.1981	Dortmund, Checoolalla
10.10.1981	Herne, Sonne
28.10.1981	Dortmund, PH-Fete
30.10.1981	Dortmund, FHH
07.11.1981	Ulm
13.11.1981	Detmold
14.11.1981	Langenberg
21.11.1981	Gelsenkirchen
05.12.1981	Dortmund, Domicil
18.12.1981	Trier
19.12.1981	Hermeskeil
	(SIE war nicht da..)
26.12.1981	Dortmund, Großes Haus, Festival
23.01.1982	Dortmund, JUZ Dorstfeld
29.01.1982	Detmold, JUZ
30.01.1982	Büschenbeuren, Turnhalle
13.02.1982	Baunatal, JUZ
05.03.1982	Kamen, JUZ
13.03.1982	Dortmund, JUZ Nette
20.03.1982	Dortmund, Uni
27.03.1982	Darmstadt, Goldene Krone
28.03.1982	Frankfurt, Sinkkasten

01.04.1982	Castrop
12.04.1982	Dortmund, Alter Markt, Friedensdemo
16.04.1982	Dortmund, Heidehof
17.04.1982	Limburg
18.04.1982	Frankfurt
01.05.1982	Dortmund, DGB Museum am Ostwall
01.05.1982	Hagen, JUZ
08.05.1982	Mannheim, JUZ
15.05.1982	Dortmund, FHH
18.05.1982	Idar-Oberstein
19.05.1982	Lüdenscheid
20.05.1982	Wilhelmshaven, Festival Südstrand
29.05.1982	Bad Homburg, Gambrinus
30.05.1982	St. Georgen, Pfingstcamp Falken
31.05.1982	St. Georgen, Pfingstcamp Falken
02.06.1982	Mindelheim
03.06.1982	Tübingen
04.06.1982	Heilbronn
05.06.1982	Guntersblum
02.07.1982	Kusel
03.07.1982	Enkirch, Festival LOTH
04.07.1982	Hattingen, Altstadtfest
03.09.1982	Dortmund, Heidehof
04.09.1982	Gelsenkirchen, Pappschachtel
11.09.1982	Nürburgring, Motorradtreff Kuhle Wampe
18.09.1982	Schwerte
25.09.1982	Dortmund, Festival Eichlinghofen
30.09.1982	Kierspe
01.10.1982	Gelsenkirchen, Revierpark Nienhausen
09.10.1982	Rastede, DLRG Landesjugendtreffen
10.10.1982	Rastede, DLRG Landesjugendtreffen
15.10.1982	Nassau, JUZ
10.11.1982	Essen, Gesamtschule
14.11.1982	Gelsenkirchen

16.11.1982	Castrop, Kneipe
25.11.1982	Bielefeld, FH
08.12.1982	Herne
10.10.1982	Dortmund, BZN
11.10.1982	Dortmund HOT Schüren
16.12.1982	Dortmund, FZ West
07.10.1983	Heilbronn, Deutschhofkeller
14.10.1983	Hagen, FH
15.10.1983	Konz, Festival
28.10.1983	Herne , Sonne
11.11.1983	Neunkirchen, Turnhalle
09.03.1984	Remscheid
23.03.1984	Dortmund, FHH
31.03.1984	Schwerte, Reich des Wassers
23.04.1984	Dortmund, Ostermarsch 84
30.04.1984	Hannover
18.05.1984	Dortmund, FZ West
19.05.1984	Hattingen, HDJ
26.05.1984	Essen, Uni
14.06.1984	Dortmund, Kreuzsaal Grünes Fest
16.06.1984	Dortmund, FHH
19.09.1984	Gelsenkirchen
06.10.1984	Lünen, JUZ
07.10.1984	Kamen, JUZ
12.10.1994	Dortmund, HOT Mengede
26.10.1984	Osnabrück, DLRG Fest
03.11.1984	Schwerte, Music Pub
08.11.1984	Dortmund, JUZ
16.11.1984	Iserlohn, JUZ
17.11.1984	Dortmund, Erpel
22.06.1984	Balve, Jazzfestival Balver Höhle
10.08.1984	Schwerte, Open Air Marktplatz
11.08.1984	Lüdinghausen
15.08.1984	Schwerte, Musik Pub mit ZOFF

07.09.1984	Dortmund, Fritz Henssler Haus
21.09.1984	Dinslaken
22.09.1984	Schwerte
09.10.1984	Wuppertal, Uni Fete
13.10.1984	Hattingen
27.10.1984	Wickede Ruhr, Schützenhalle
22.12.1985	Bochum Zeche
29.12.1985	Bochum Zeche
31.01.1986	FHH, Dortmund, Vom Folk zum Rock, eine Zeitreise durch die Dortmunder Musikszene…
01.02.1986	Teil 2 der Reise..
05.06.1988	Schwerte, Stadtfest
25.06.1988	Schwerte, Open Air
17.07.1988	Dortmund, Cafe im Langen August CILA
10.09.1988	Soest, Jugend Cafe
22.09.1988	Volmarstein, Orthopädische Anstalten
15.10.1988	Dortmund, Cabaret Queue
25.11.1988	Schwerte, Giebelsaal
30.11.1988	Menden, JUZ Das Zentrum
16.12.1988	Schwerte, Musik Pub
19.07.1989	Bochum, Hör'ma
17.02.1989	Diepholz, JUZ
10.03.1989	Hagen, Pelmkeschule
18.03.1989	WDR, Lokalfunk Dortmund
24.03.1989	Dortmund, Checoolalla
22.04.1989	Dortmund, Cabaret Queue
06.05.1989	Dortmund, Piano Theater
27.05.1989	Essen, Straßenfest Rellinghausen
16.06.1989	Dortmund, CILA
24.06.1989	Essen, Private Gartenparty
25.07.1989	Dortmund, Open Air Nordmarkt
28.07.1989	Schwerte, Straßentheaterfestival
27.08.1989	Duisburg, Universiade, Open Air
28.08.1989	Duisburg, Universiade, Open Air

30.08.1989	Duisburg, Universiade, Mercatorhalle
03.09.1989	Unna, Musikscene Unna 89, Open Air
09.09.1989	Dortmund, Fritz-Henssler-Haus
28.09.1989	Schwerte, Freischütz
22.11.1989	Düsseldorf, DLRG Unterrath
24.11.1989	Dortmund, JUZ Scharnhorst
21.12.1989	Dortmund, Uni DO, Institut für Logistik
22.12.1989	Menden, JUZ Das Zentrum
23.12.1989	Dortmund, Cabaret Queue
	(der Tag des Mamadou..)
28.12.1989	Westoverledingen, Rockfestival
05.01.1990	WDR, Landestudio Dortmund, WDR Treff
	mit Willi Millowitsch!
03.02.1990	Hagen, Pelmkeschule
31.03.1990	Rheine, Eddis Pinte
01.04.1990	Osnabrück, Lagerhalle
08.04.1990	Palaiseau/F, gemeinsam mit FIZZ
09.04.1990	Paris/F
21.04.1990	Dortmund, Stadtteilzentrum Adlerstraße
12.08.1990	Schwerte, Giebelsaal
18.08.1990	Berchum, Orthopädische Anstalten
25.08.1990	Dortmund, Cafe Corso
07.09.1990	Oberhof, Cafe Verkehrt
08.09.1990	Rheinfelden/CH, Jugendhaus Ritz
27.09.1990	Unna, Renault Kuhlmann
30.09.1990	Unna, Renault Kuhlmann
06.10.1990	Dortmund, Cabaret Queue
15.11.1990	Unna, Beo Bornekamp
24.11.1990	Dortmund, Fritz-Henssler-Haus
01.12.1990	Duisburg, Sportschule Wedau
22.12.1990	Schwerte, Lamettanacht, mit FIZZ
23.12.1990	Unna, Lindenbrauerei, Nr. 2 mit FIZZ
31.12.1990	Dortmund, Krone am Markt, Silvestergala
16.03.1991	Schwerte, Swing

24.03.1991	Osnabrück, Lagerhalle
30.03.1991	Dortmund, JVA Lübecker Hof
02.07.1992	Hamm, Stadtteilzentrum
28.11.1992	Hamm, Corner Inn
18.11.1993	Radio Antenne Unna
11.12.1993	Radio Antenne Unna
18.12.1993	WDR, Lokalfunk Dortmund
18.12.1993	Schwerte, Spaßbad, Einweihung
26.02.1994	Schwerte, Cafe Karo
05.03.1994	Dortmund, Cabaret Queue
10.04.1994	Ergste, JVA
15.04.1994	Dortmund, Cafe Durchblick, Uni DO
11.05.1994	Hagen, Werkhof Hohenlimburg
04.06.1994	Schwerte, Haus Ruhr, Aids Benefiz
22.06.1994	Vollmarstein, Orthopädische Anstalten
03.09.1994	Dortmund, JUZ Burgholzstraße
13.01.1995	Witten, Werkstatt
21.01.1995	Schwerte, Laternchen
28.01.1995	Dortmund, Wiewaldi
17.03.1995	Dortmund
31.03.1995	Recklinghausen, Altstadtschmiede
24.03.1995	Rheinberg, Schwarzer Adler
11.05.1995	Herten, Glashaus
12.05.1995	Ahlen, Schuhfabrik
03.06.1995	Herne, Sonne
02.07.1995	Hohenlimburg, Stadtfest
30.09.1995	Wuppertal, Wirtschaftswunder
06.10.1995	Lüdenscheid, Alte Druckerei
10.11.1995	Hagen, Globe
02.12.1995	Schwerte, Laternchen
15.12.1995	Hohenlimburg, JUZ
25.05.1996	Schwerte, DLRG, Stadtbad
21.06.1996	Hohenlimburg, Stadtfest
06.09.1996	Ahlen, Schuhfabrik

29.01.1997	Herten, Glashaus, Premiere
25.05.1997	Hartlage, Silberhochzeit
22.06.1997	Schwerte, Museumsmarkt
12.09.1997	Schwerte, Laternchen
06.12.1997	Dortmund, FHH, Years of Songs n Roll
09.01.1998	Ahlen, Schuhfabrik
22.01.1998	Unna, Music Club Schalander
24.01.1998	Herne, Sonne
31.01.1998	Gladbeck, Musik Pub
14.02.1998	Dortmund, Keuninghaus
21.02.1998	Dortmund, Wiewaldi
28.02.1998	Hagen, Louvre
13.03.1998	Dortmund, Uters Nachtlichter, oben im Harenberg Center
03.04.1998	Schwerte, Laternchen
16.05.1998	Schwerte, Elsebad
20.05.1998	Hagen, Irish Pub
17.09.1998	Osnabrück, Spot 98, Lagerhalle
24.10.1998	Schwerte, Kosovo Benefiz Gala
28.11.1998	Wuppertal, Färberei
18.12.1998	Dortmund, Lenz
10.05.1999	Schwerte, Cafe Anders
12.06.1999	Schwerte, Elsebad
11.07.1999	Grevenbroich, Schlosspark
23.06.2000	Dortmund, Keuninghaus
23.05.2000	Schwerte, RTG
28.02.2000	Hagen, Stadttheater
25.03.2003	Schwerte, Welttheater, Premiere
26.03.2003	Schwerte, Welttheater
14.05.2003	Schwerte, Rohrmeisterei
13.02.2004	Herne, Sonne
04.03.2004	Hörde, Synchron Folks
14.05.2004	Schwerte, Acoustic Pop Circus
15.05.2004	Schwerte, Acoustic Pop Circus

16.09.2004	Schwerte, Kord Unplugged
23.09.2004	Unna, Music Club, Schalander
09.03.2005	Schwerte, Kord Unplugged
29.09.2005	Schwerte, Acoustic Pop Circus 2
29.09.2006	Kettenschmiede, Fröndenberg

Dazu kommen noch ein paar Gigs in 2006 und 2007, und ein paar wenige in all den Jahren hab' ich geschlabbert. Einige Orte oder Veranstalter tauchen mehrmals auf, weil die Nachfrage danach war. Dann waren da noch die vielen kleinen Konzertchen unter falschen Flaggen, zum Beispiel in 1986-1987, mit Freunden, Bekannten, und vielen Zufallsbegegnungen, in Hamburg und Berlin, Frankfurt, Essen und wer-weiß-wo, und mit wer-weiß-wem, und die zahlreichen Solo-Events, und die Ersatz-Musiker-Gastspiele und... und... und...

Ich hab' ja noch Zeit, also let's do the 500...

Discographie

Schenk' ich mir... ist nicht der Rede wert...

Links

Ja, die www.youtube.com hat 'ne Menge überraschende Clips...
SEHR empfehlenswert... hier mal exemplarisch einige davon,
am besten klickt man sich da aber einfach mal durch:

http://www.youtube.com/watch?v=Eh44QPT1mPE
http://www.youtube.com/watch?v=rT5XbgKqa2w
http://www.youtube.com/watch?v=Ddn4MGaS3N4
http://www.youtube.com/watch?v=nwhH8BqqEhM
http://www.youtube.com/watch?v=kkCv3KHLeUA
http://www.youtube.com/watch?v=8LN92yhFijw
http://www.guitarshredshow.com
http://www.pagelli.com
http://www.myspace.com/anitasolo

30 Der amtliche Schluss

... doing... doing... doing... da fällt mir gerade ein netter Lick ein... klingt ein bisschen wie REM ... *All the way to Reno...* doing... doing... hmmmm... irgendwo hatte ich doch noch so'n Fetzen Text... doing... doing... doing...